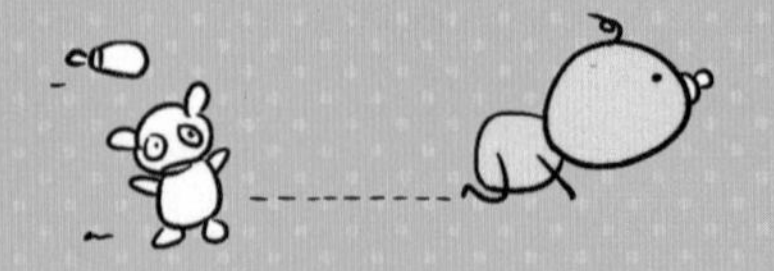

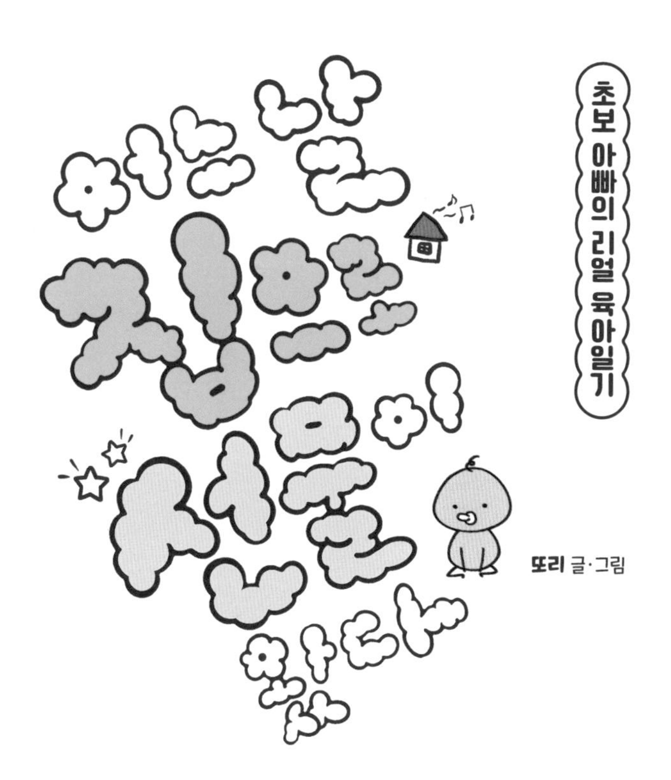

시대인

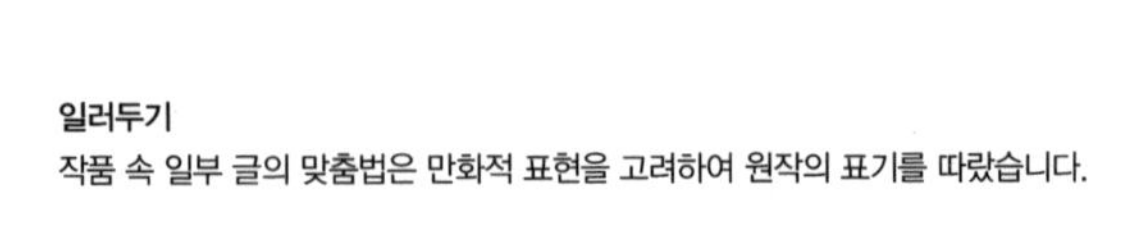

일러두기

작품 속 일부 글의 맞춤법은 만화적 표현을 고려하여 원작의 표기를 따랐습니다.

목차

2장
당혹과 여유
그 사이

3장
육아의 맛을
아시나요?
아빠!!!

아빠!!

12월

사랑과 행복이 넘치는 달

집으로 선물이 찾아왔다

그리고

평화는 깨졌다

리얼 육아일기 시작

1장

우당탕탕 부모 되기

부모의 흔한 오해 …

친구들도
이거 봐~ 친구들이랑
SNS 팔로워분들 모두
다 이쁘다구 하네
진짜? 진짜?

우리.. 엄청난
아이를 낳고
만 게 아닐까?
서.. 설마..
20년 후
이렇게?

근데 생각해 보니

아기가 안 예뻐요란 말
들어본 적 있어?
난
들어본 적
없어..
진짜
이쁜 걸까?
객관적으로..
엄마 아빠 눈에만
예쁘면 되는 거죠 ^^

신생아는 조심스럽다
아휴~ 이걸 어떻게 만져
무엇보다 위생이 중요하다구!!

그래서
청결을 위해 손소독제와
감염 예방을 위해 마스크를 쓰자!
손도 언제나 깨끗이 씻고!!

·1일 차·
손도 씻었고
빨리 소독제!!
으앵~
으앵
여..여기!!

·2일 차·
으앵~으앵
손은 씻었어?
소독제도 잊었어!!
아아아아아...

·3일 차·
으앵~으앵~으앵
쿵
마스크고
뭐고...
소독제고
뭐고...

신생아 조심하기 전에
내 몸 먼저 조심하자
며칠째 잠을 못 잤더니...
육아란 끝이 없는(?) 마라톤
페이스 조절이
제일 중요한 거 아시죠?

설거지가 즐거운 순간…

아냐 괜찮아
하하

괜찮다니깐
아니야~
내가 할게 이리 줘

으앙~
설거지
달라고!!!
싫다고!!!
투닥투닥

으앙앙~
휴~
겨우 사수했다
오늘도
졌다...
그래도 육아의
가치는 설거지에
비할 바가 아니죠?

오늘의 육아템

기저귀교환대

매일 수시로 벌어지는
기저귀 교환 전쟁에서 허리를
굽히지 않고 기저귀 교환이 가능해
누적 피로도를 획기적으로
감소시켜 줘요.

수유쿠션

수유 시 아기의 높이를 안정적으로
맞춰 주어 기존에 불편한 자세 때문에
생겼던 허리, 어깨, 팔 결림이
사라졌어요.

역류방지쿠션

신생아는 덜 발달한 위장기관과
소화 능력으로 수유 후 토하는 경우가
많은데 아기를 비스듬하게 세워
눕힐 수 있어 역류 현상이 감소해요.

새벽 자장가가 주는 힘…

♬~
♪~
♬~

이상하다
♬~
♬~
♪~

달램은 왜
내가 받는 것 같지?

그렇게 육아의 하루가
또 지나갑니다

힘내세요!
오늘의 해가 또다시
뜨고 있으니까요.

말할 수 없는 비밀…

하하하하
캠핑도 같이
가구 싶구
오오~

그리고...
그리고?

아니다 ㅎㅎ
뭔데..?

사실 게임이 제일 하고 싶어
쿠오오오
말 안 하는 게
낫겠지;;
수상한데...
게..게임!!
꿈은 곧
이루어질 거예요!

솔로몬의 지혜가 필요한 순간…

잠시 후

솔로몬의 지혜가 필요하다

아기가 가장 예쁜 순간…

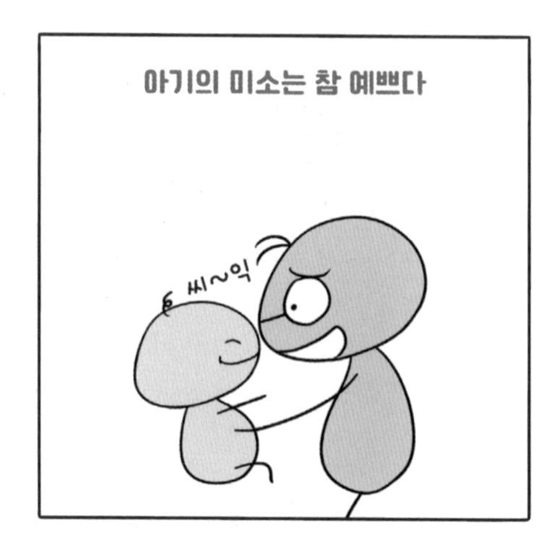
아기의 미소는 참 예쁘다
씨~익

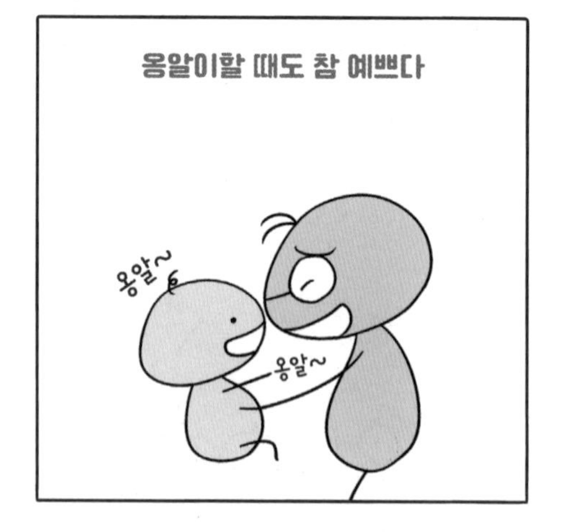
옹알이할 때도 참 예쁘다
옹알~
옹알~

심지어 똥을 싸도 예쁘다
끄응~
뿌직

사실 뭘 해도 예쁘지만
아구구
이쁜 것

그중에서도 가장 예쁜 건

잠에 푹 빠졌을 때이다
...
자..자유다!!
우리에게
와 줘서 고마워♥

오늘의 육아템

♥ **수유시트**

45도 각도 및 아기 체형에 맞춘 시트 설계로 보다 안정적인 자세에서 수유가 가능해 역류 방지 및 산모의 불편함을 해소시켜 줘요.

♥ **분유포트**

물을 원하는 온도로 항상 유지할 수 있어 분유 탈 때마다 물을 끓인 후 특정 온도로 식혀 맞추는 불편함이 없어요. 급할 때 특히 도움이 돼요.

♥ **수유토시**

신생아 수유 시 팔에 끼워 아기 머리와 부모 팔 사이의 땀 흡수와 통기성을 좋게 해 열을 줄여 줘요. 특히 여름철에 도움이 돼요.

아빠의 아름다운 도전…

실패하면 다시 시작이다
으애애앵~

도전이냐 안전이냐

그래 아빠는 도전이다
도저언!!

잠시 후
이럴 줄 알았어;;
실패는
성공의 어머니...
겠지...?
으애애앵~
도전 없이는
성공도 없으니까요!

육아 공식은 거꾸로 간다…

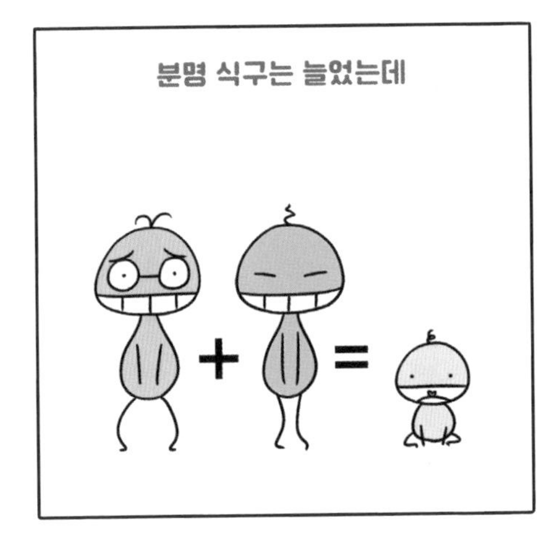

잠도 혼자 자고
도망가자
후다닥
오늘 밤은 내가 맡을게
다른 방에서 자~

외출도 혼자 한다
혼자 장 보니..
재미도 없구...

외롭고 힘들지만
셋이 함께 하는 그날을 위해
아빠!!

오늘도 나 혼자 산다
하아...
빼셈이 아닌
곱셈이 될
그날을 위해

자장가를 부르면 발생하는 일…

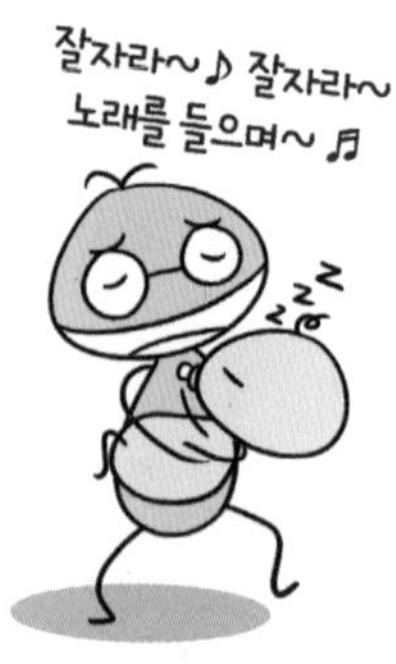
잘자라~♪ 잘자라~
노래를 들으며~♬

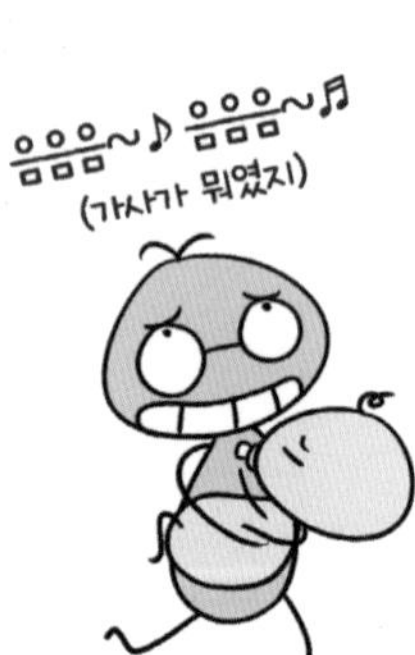
음음음~♪ 음음음~♬
(가사가 뭐였지)

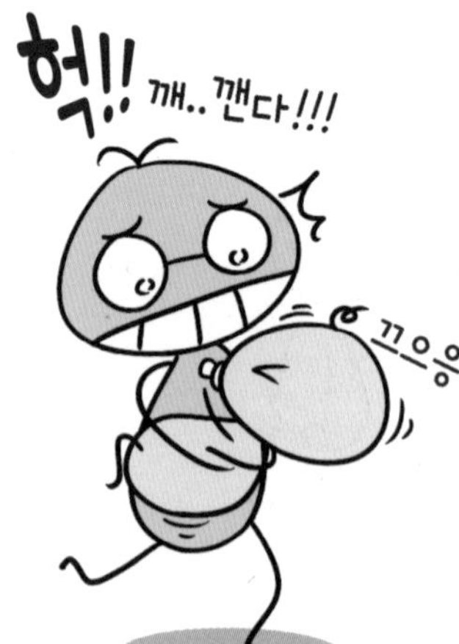
헉!! 깨.. 깬다!!!
끄응

에잇! 모르겠다
귀~여운 너 잘 자거라~♬
(원 가사: 귀여운 너 잠잘 적에)

하늘도 땅도 잠이 든단다~♬
(원 가사: 하느적 하느적 나비 춤춘다)

ZZZ
쌔근
쌔근

그렇게 아빠는 작사가가 된다 ♬
ZZZ

육아는
융통성과 판단력,
순발력에 도움이 된다?

아빠의 꿈…

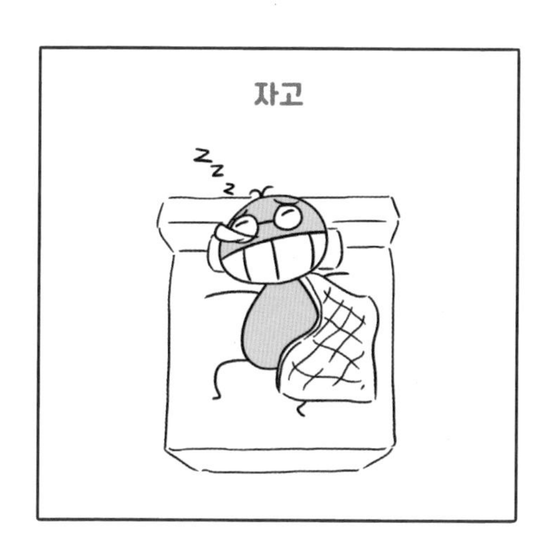
자고
zzz

싸기만 해도
끄응~ 끄응

이쁨을 받는
잘했어
바로 그거야

아기가 되고 싶다
헛소리하지 말고
기저귀나 갈아
꿈은 꾸라고
있는 거예요~

오늘의 육아템

젖병건조대

젖병 분리 세척 및 소독 후
효과적이고 위생적으로 건조할 수
있는 전용 건조대.
적은 면적에 많은 양을 건조할 수
있어 편리해요.

분유제조기

분유포트에서 한발 더 나아가
물과 분유만 미리 넣어 놓으면
버튼 터치 한 번으로 분유를 직접
제조까지 해줘 아주 편리해요.

젖병소독기

면역력이 약한 신생아들의
질병 예방을 위해 열탕 소독을 하는
젖병이나 쪽쪽이 등을 보다
쉽고 편리하게 소독할 수 있도록
도와줘요.

\# 아기와 아빠의 대화…

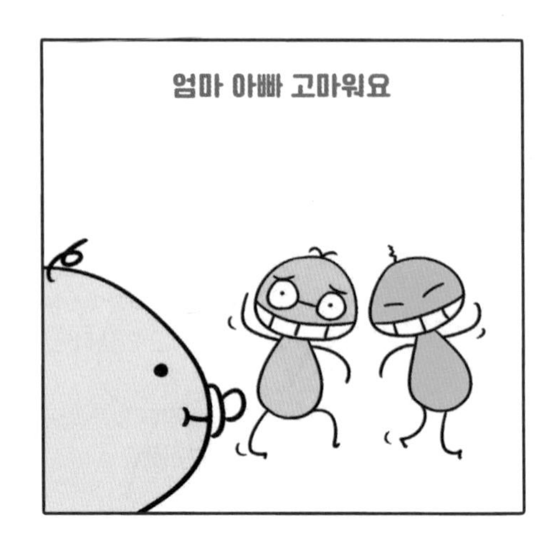
엄마 아빠 고마워요

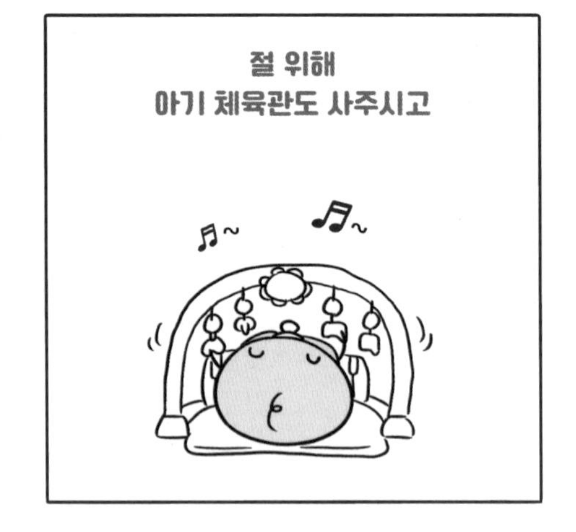
절 위해
아기 체육관도 사주시고

아기 수영장도 사주시고
둥둥
둥둥

바운서도 사주셔서요
흔들
흔들

아들아
너무 고마워 마라

그 모든 건 사실
우릴 위해서란다
헉!
밥 먹자!!!
이런 걸 두고
WIN-WIN이라고 하죠?

육아를 하면
늘 집이 엉망이다

앗! 장모님 오셨어요..
아휴~ 집이 왜 이러니!!
엄마~

장모님..
편하게 계세요
괜찮아
엄마
좀 깨끗이
정리하고 살아라
쓱싹쓱싹

오오오
오오오
휴~ 이제 좀
낫나?
반짝
반짝

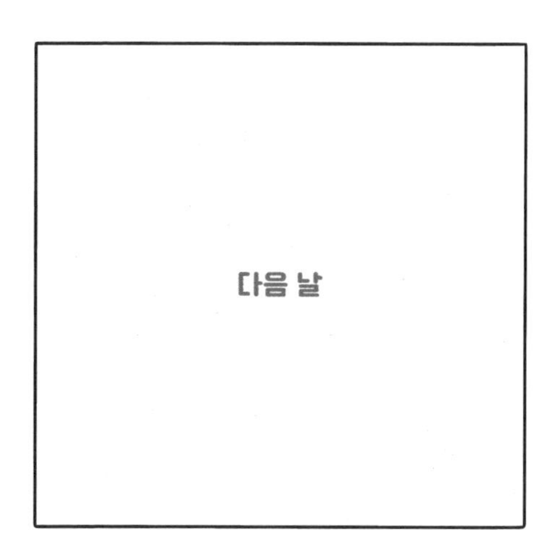
다음 날

육아를 하면
늘 집이 엉망이다
정리정돈
육아 중엔 잠시
꺼 두셔도 좋습니다!

#아기미소가 주는 의미…

다만 그 미소가 몇 초뿐이란 거
으앵~ 으앵~

가만...
몇 초에도 이렇게 행복하단 건
??

앞으로 펼쳐질 행복이
무궁무진하다는 것?

앞으로 펼쳐질
고생도
무궁무진하단
뜻이다
아...
네 미소 하나면
아빠 슈퍼맨이
될 수 있어!

오늘의 육아템

수유등

밤중 어두운 실내에서 수유하거나
아기를 돌보는 상황에서 유용하며
특히 아기의 낮과 밤을 구분해 주어
올바른 수면 교육이 가능해요.

백색소음어플

넓은 음폭을 가져 일상생활에
방해가 되지 않는 백색소음(빗소리,
파도소리, 청소기 소리 등)이 담긴
어플을 활용하여 아기가 보챌 때
달랠 수 있어요.

배앓이방지젖병

일반 젖병과 다르게 젖꼭지에
공기 배출 구멍이 있거나
진공 상태를 방지하는 통기 시스템을
갖춰 수유 중 공기 흡입이 감소해
배앓이를 줄여 줘요.

육아의 좋은 점 4가지…

육아는 힘들지만
생각해 보면 좋은 점도 많다

가령 청력 발달에 좋다든지
응애~
응애~
으응.. 이 소린 분명…
아무리 멀어도 알 수 있어

순발력 향상에도 도움을 준다
악!! 오줌 싼다!!
빨리 갈아 빨리!!!
후다다닥

또한 근력 향상에도 좋으며
하루하루 무거워지네
후덜덜
헬스 비용
굳었다

특히 다이어트에 획기적이다

이럴 수가...

덜덜덜

2주 만에
3kg 빠졌어..
행복해...

19

이래서 육아는 행복하다
근데 왜 눈에서 물이 나올까
피할 수 없다면 즐겨라!
잘 아시죠?

육아에도 난이도가 있다
어서 오시게
LV3
LV2
LV1

잘 자는 아기 VS 안 자는 아기
으앵
눕히면 깬다
등에 센서가 달렸나

잘 우는 아기 VS 안 우는 아기
도대체
뭐가 문제야
눈만 뜨면 운다

잘 토하는 아기 VS 안 토하는 아기
!!!
우웩

잘 싸는 아기 vs 안 싸는 아기
…
벌써 5번째…
뿌직!

우린 난이도가 최상이구나
살려 주세요
난이도가 높아야
깨는 맛도 있겠죠?

#육아가 몸에 미치는 영향…

아… 머리카락이 빠지네
헉
후두두둑

아… 모유 차서 가슴 아파
컥
찌릿
찌릿

아... 산후풍인지 손가락이
아침마다 아파
덜덜
덜덜
윽

명함도 못 내밀겠다
근데... 왜 불렀어?
아..아냐
아무 일도...
얻는 게 있다면
잃는 것도 있는 법

오늘의 육아템

초점책

아직 시력이 발달하지 않은
갓난아기들의 눈앞에 두면
시각 발달 효과와 함께 집중력
발달에도 도움이 된다고 해요.

아기체중계 & 체온계

체중계는 미세한 신장, 체중 변화를
효과적으로 측정해 주고,
적외선 체온계는 고막을 통해 쉽게
열 측정이 가능하여 성장 시기별
발육 상황이나 문제를 잘 파악하고
대처할 수 있어요.

우드토퍼

아기의 100일, 200일 등
다양한 기념일을 예쁘게 기록할 수
있도록 도와주는 셀프 촬영 소품으로
숫자, 문자, 그림 등으로
구성되어 있어요.

#부모가 잠들 수 없는 이유…

그냥 자라~
TV 그만 보고
꾸벅꾸벅

시..싫어
TV 볼거야
봐야만 해
왜~~

아기 재우고 난 시간
포기할 수 없어
이 시간이
하루의 낙이여
쩝
잠들면
안 돼

사실 나도
잘 생각 없어 못 자...
그치?
내가 나일 수 있는
유일한 시간

육아용품이 무서운 이유…

며칠 후
와~ 드디어
다 팔았다!!

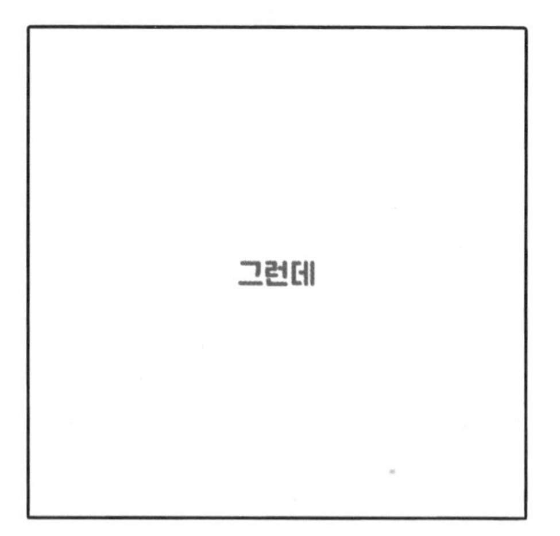
그런데

빈 공간에
새로운 육아용품이 생겼다
...

더 크고
더 많이
무서워
육아 사전에
여백의 미란 없다?

가장 급박한 육아의 순간…

해내야 한다 기필코

조금만 더!!!!!!!

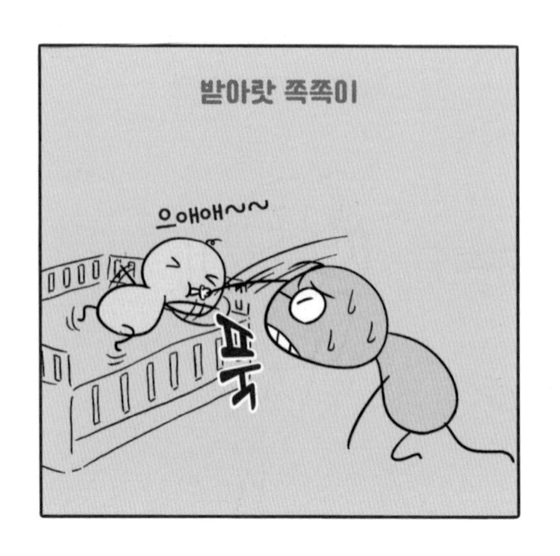
받아랏 쪽쪽이
으애애~~
푹

수면 연장 성공
아슬아슬했다...
쪽쪽아 고마워
아기 수면 연장
= 부모 수명 연장

부부가 다시 설레는 순간…

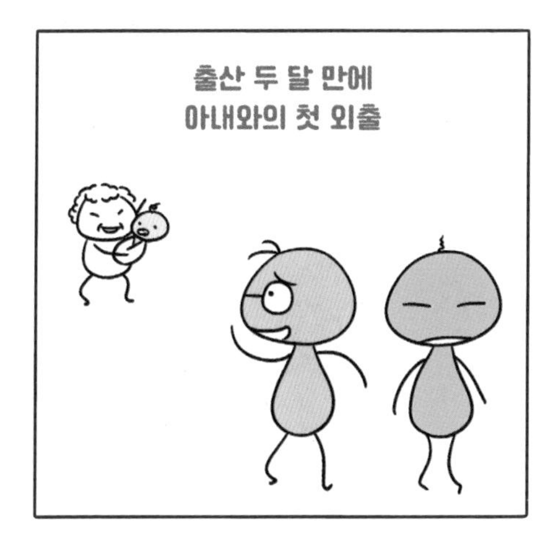

출산 두 달 만에
아내와의 첫 외출

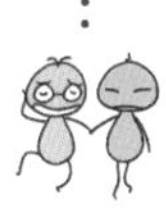

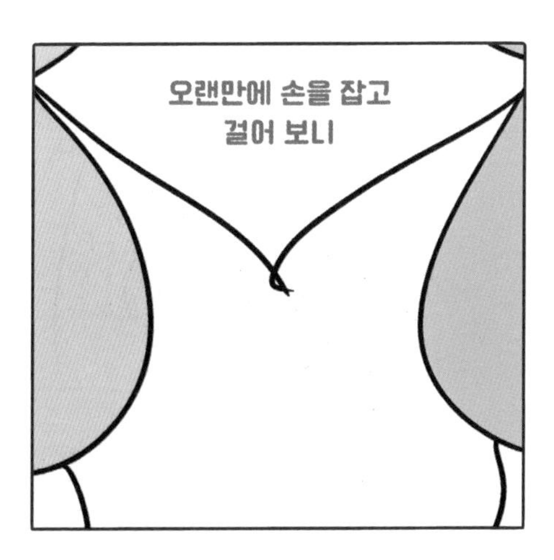

오랜만에 손을 잡고
걸어 보니

새들의 노래가 들려오고
♬~
♬~
아아.. 사랑스러워

모든 풍경이 아름답구나
아아아~

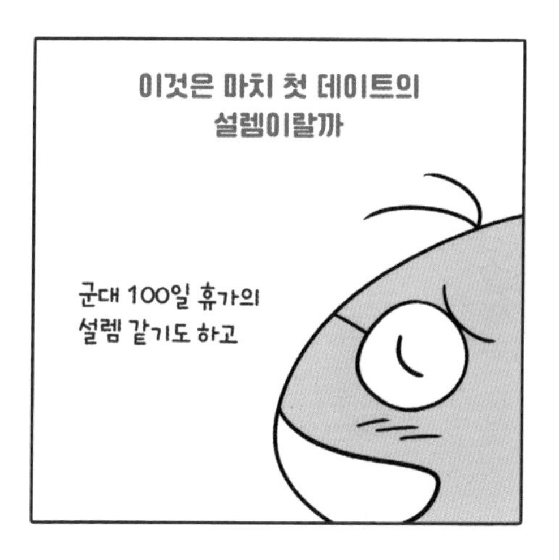
이것은 마치 첫 데이트의
설렘이랄까
군대 100일 휴가의
설렘 같기도 하고

꿈에서 깰 시간이다
버..벌써?
아기 수유하러
가자
꿈은 다시 꿀 수
있는 거니까요.

오늘의 육아템

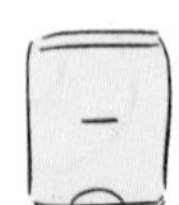

기저귀쓰레기통

하루 종일 끊임없이 나오는
폐기저귀 전용 쓰레기통으로
밀폐 기능이 좋아 냄새 차단 등
위생적으로 도움이 돼요.

쪽쪽이클립

신생아들의 경우 물고 있는 쪽쪽이를
쉽게 놓치는 경우가 많은데 클립을
연결해 놓으면 놓치더라도 잃어버리거나
떨어질 염려가 없어요.

백일상차림

아기 백일잔치에 필요한 상차림
준비물을 한번에 쉽고 저렴하게
대여할 수 있어 집에서도 부담 없이
백일잔치가 가능해요.

아기핑거칫솔

이제 막 이가 자라나는 아기들의 잇몸이나 유치를 마사지해 주거나 가려움 또는 통증을 상처 없이 덜어줄 수 있어요.

소아과책

육아를 하면서 수많은 아기의 잔병치레를 경험하게 되는데 일일이 병원에 가지 않아도 증상과 원인, 치료법을 찾아볼 수 있어요.

침대가드

아기가 수면을 취하는 침대의 높이가 있는 경우 바깥쪽에 간단히 조립하여 설치하면 치명적인 낙상의 위험을 방지할 수 있어요.

2장
당혹과 여유 그 사이

#자식 덕 본 아빠 사연…

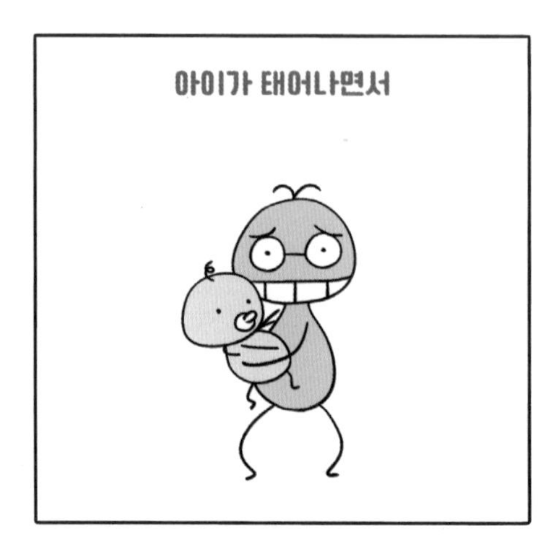

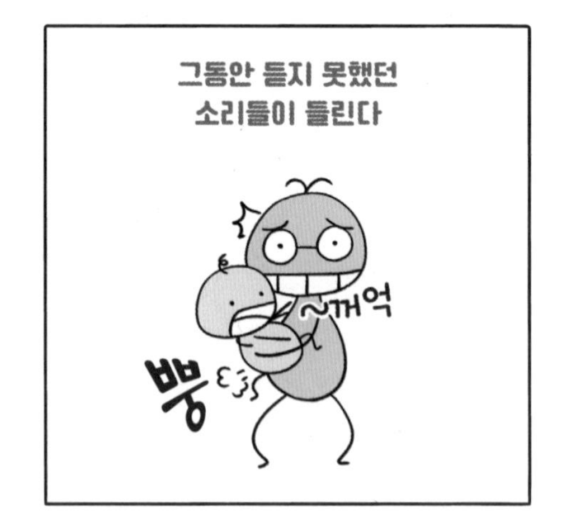

그동안 듣지 못했던
소리들이 들린다
~꺼억
뿡

차마 나도 아직 내지 못한
그 소리들을
모르쇠

덕분에
뿡

나도 묻어간다
방귀 뀌었어?
응 슌이가~

고맙다 아들아
빠직!
선의의 누명(?)은
좀 봐주세요~

아빠의 한 가지 바람…

육아를 해보니

태어나는 순간부터 경쟁이다
3.5kg, 55cm입니다
오~ 평균
이상이다!
벌써 옹알이?
남들보다 뛰어난가?
옹알옹알~
돌인데 아직 못 걷네?
누구는 걷던데...

아니 태어나기 전부턴가
슌이

왠지 미안하다
이 험난한 경쟁 사회에서
부디 지치지 말고
건강하게만 자라 주길
어쩌겠니
피할 수 없음 즐겨
너의 수호천사가
되어 줄게♥

부부 육아 성공 비법…

내가 힘들지
보다는
네가 힘들지

내게 고맙지?
보다는
네게 고맙지

부부 육아 성공 실패는
단 한 글자 차이
내
네

아니
획 하나 차이
내
네
어렵지 않죠?

오늘의 육아템

바운서

아기를 혼자 놀게 하거나 달래고 재울 때 효과적이에요. 진동이나 조용히 흔들리는 움직임이 엄마가 안아 주는 것 같은 포근함과 안정감을 줘요.

스와들업

신생아를 감싸는 속싸개는 아기가 답답함을 느낄 수 있는데 이를 개선해 보다 편안하고 안정감을 줄 수 있는 형태로 제작되어 숙면에 도움이 돼요.

모로반사방지이불

이불 양쪽에 무거운 내피가 들어가 아기가 움직이지 않도록 눌러 주어 수면 중 모로반사나 움직임으로 깨는 현상을 방지해 줘요.

#아내가 변한 이유…

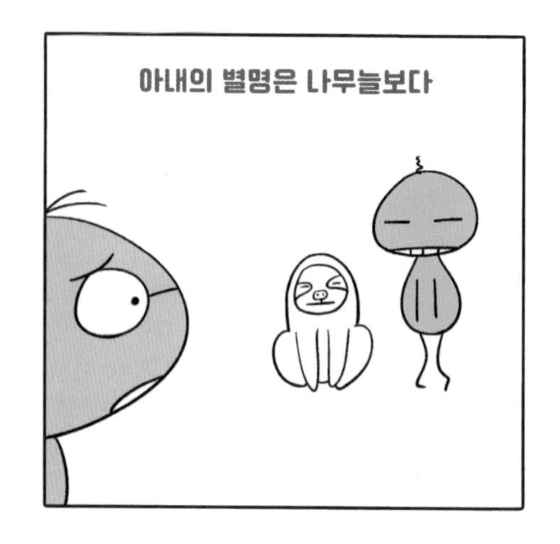

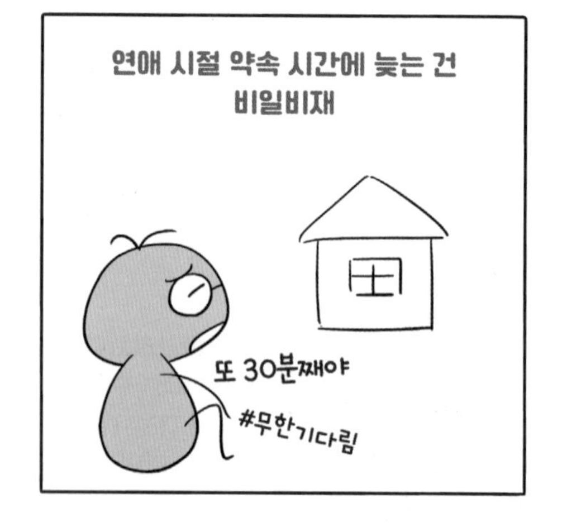

연애 시절 약속 시간에 늦는 건
비일비재
또 30분째야
#무한기다림

늦어도 뛰는 법은 없는
그녀였다
저 느긋함 보소
#열불남
흐느적
흐느적

그랬던 그녀가

뛰기 시작했다
후다닥

아기 문화 센터 늦어서
투다다다
뛸 줄도 아네?
자식의 힘은 이길 수가 없네요.

#아이의 웃음이 슬픈 이유…

웃는 아기를 볼 때마다
꺄~
호호호

가슴이 아프다
크흑~
차라리
안 보련다

왜냐하면
꺄꺄꺄~
(맛있어요)

그건 사실 맛이 없거든
세상에 맛있는 게
얼마나 많은데...
미안하다...
아빠 치킨 먹는다
KFC
원래 몸에 좋은 건
쓴 법이야!

육아를 하면 과일 먹기 힘들다?....

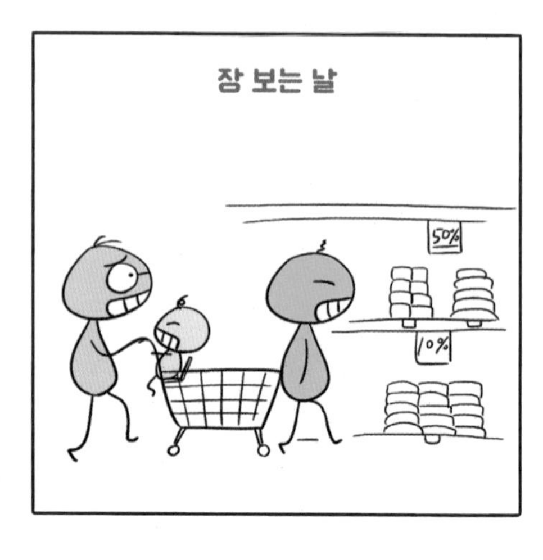

장 보는 날
50%
10%

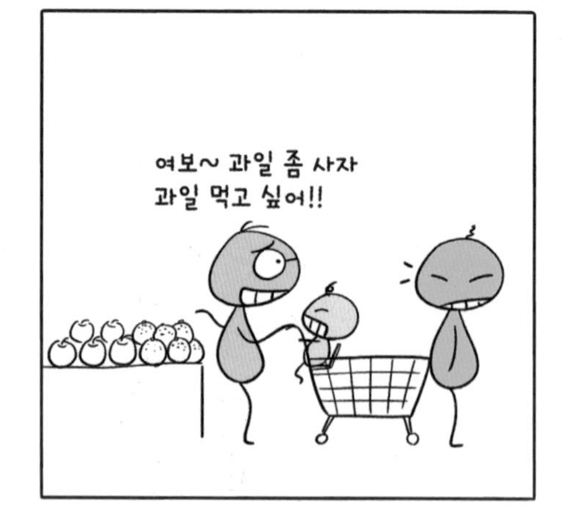

여보~ 과일 좀 사자
과일 먹고 싶어!!

먹은 기억이
없는데...
응? 그런가?
집에 과일 많아!
사지 마

집 복귀
과일 먹어야지!!
급하긴...

응?

먹어도 되는 거 맞지?
친환경
유기농
먹어도 된다고 진짜 먹는 분 없으시죠?

오늘의 육아템

이유식달력

이유식과 관련된 정보나 재료가
달력에 표기되어 있거나
직접 기록을 할 수 있어 체계적인
이유식 관리가 가능해요.

흡착볼

아기들이 자기주도 이유식을
시작하는 시점에 음식 용기를 엎거나
떨어뜨리는 경우가 많은데
이를 방지해 주는 효과가 있어요.

하이체어

높이나 각도 조절, 이동 등이
가능한 아기 전용 의자로 부모와
눈높이를 맞출 수 있어 이유식을
쉽게 줄 수 있고 다용도로 활용이
가능해요.

아빠라면 갖고 싶은 것…

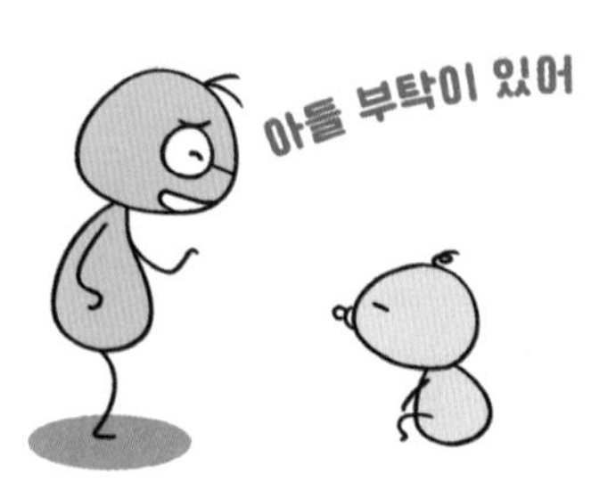

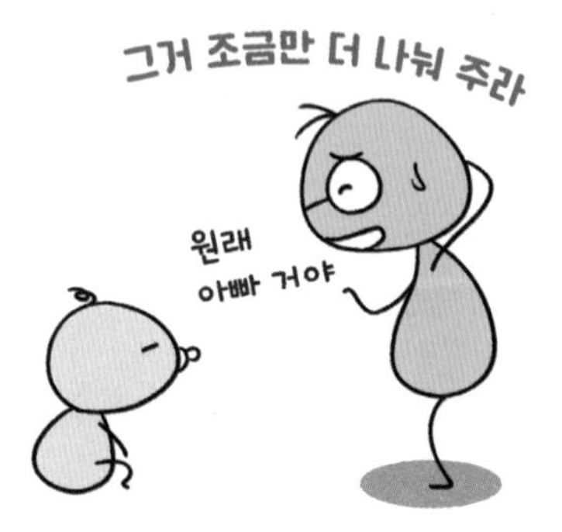

그거 조금만 더 나눠 주라
원래
아빠 거야

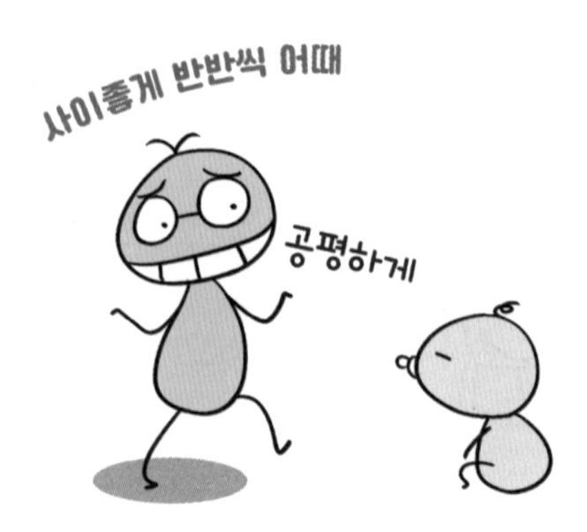

싫다구?
욕심쟁이
같으니..

나도 더 갖고 싶은데
치~
됐다 됐어

걱정 마세요
사랑은 다시
돌아온대요~

네 엄마 사랑 말야

아이 없이 둘만의 시간…

아기 의자도
있네~ 슌이 데려옴
되겠다
그러게~

슌이는 잘 놀고
있으려나...?
그러게...

그러고 보니

둘만 있어도 결국
아이 이야기만 하게 되네
그러게...
둘이 있을 땐
둘에게만 집중하기!

아이에게 미안한 순간…

아이와 진심으로 웃으며
놀아 주기가 어렵다

연기력이 좋았다면
참 좋을 텐데
하하하하;;;

친구 같은 아빠가
되어 주고 싶은데
하하하하

삶에 치이다 보니
마음처럼 쉽지 않다

미안해 아들
아빠가 더 힘낼게
아이가 나에겐
가장 큰 활력소!

육아의 당황스러운 순간

·3위·

순이 아빠
안경 가져다 주는 거야?

·2위·
즐거운 가족 나들이

덜렁덜렁
꺄!!!

대망의 ·1위·
슌아~ 아빠 핸드폰
갖고 놀아?
꼼지락 꼼지락

꺄!!!
연락 끊긴 애한테
전화를!!!!!!!!
내 일이
아닐 것 같죠?

 오늘의 육아템 

범보의자

목은 가누지만 허리 힘이 부족해 제대로 앉기 어려운 어린 아기들을 보다 안정적으로 앉히거나 이유식을 줄 때 활용하면 편해요.

과즙망

아기가 어릴 때 과일을 주게 되면 씨를 먹는다거나 덩어리째 삼킬 위험이 있는데 안전하게 즙만 섭취할 수 있도록 도와줘요.

치발기

아이의 치아가 나오기 시작하는 시기에 마음껏 물고 뜯고 씹으면서 욕구를 충족시켜 주고 입안의 간지럼도 없애 줘요.

외출 시 변하는 아빠의 직업…

아기 봐야 하니
뒤에 탈게~
아 응~

쿵!
...

그렇게 아빠는
기사가 된다

운전기사 말고
가족을 지키는 진짜 기사
지금 옆자리의 허전함만큼
더 풍요로워질 거예요.

엄마 아빠가 행운아인 이유…

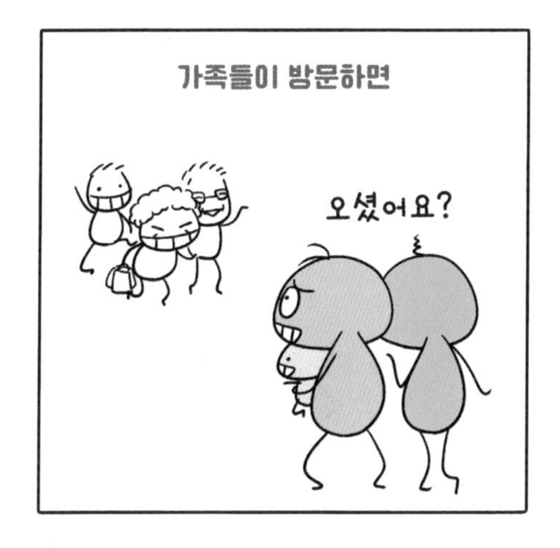

가족들이 방문하면
오셨어요?

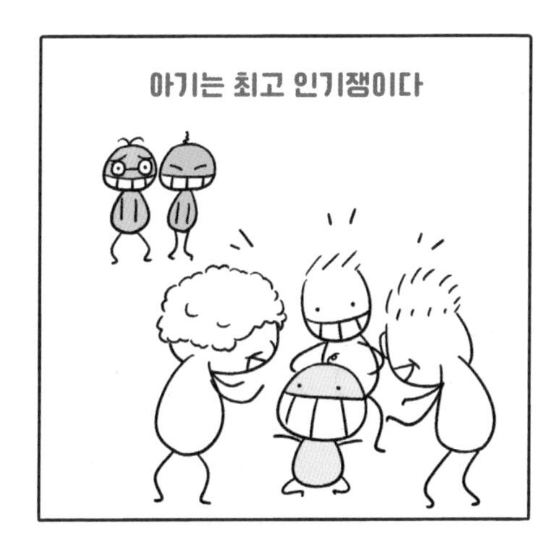

아기는 최고 인기쟁이다

밖으로 나가도
산책 다녀올까?

아기는 최고 인기쟁이다
꺄꺄~ 귀여워

최고 인기쟁이인 너를
늘 곁에서 볼 수 있다는 건
나는야 슈퍼스타

엄마 아빠의
정말 큰 행운이겠지?
연예인과 사는 기분이란
이런 걸까요?

외식을 해도

꺄꺄~!

티비를 봐도
꺄꺄~!

왜 내 눈엔

우리만 힘들어 보이지?

다른 아가들
다 얌전해 보여

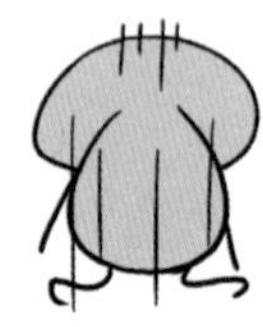

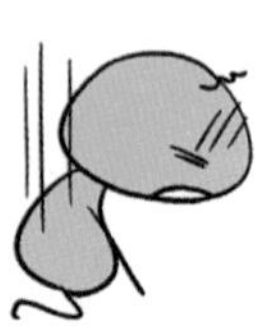

아니겠지?

남의 떡이 더
커 보이는 것일 뿐

오늘의 육아템

셀프수유쿠션

부모의 손길 없이도 젖병을 거치해 셀프 수유가 가능한 아이템으로 부모가 직접 수유하기 힘들거나 급한 일이 있을 때 유용해요.

아기무릎보호대

스스로 기어다니기 시작하는 아기들은 딱딱한 바닥에서 금방 빨갛게 무릎이 달아오르거나 다칠 수 있는데 이를 방지할 수 있어요.

아기비데

아기가 자라면서 배변 활동 후 손으로 들고 씻기는 게 부담스럽고 위험할 수 있는데 편하게 세면대 위에 눕혀 씻길 수 있도록 도와줘요.

유모차가 필요한 진짜 이유…

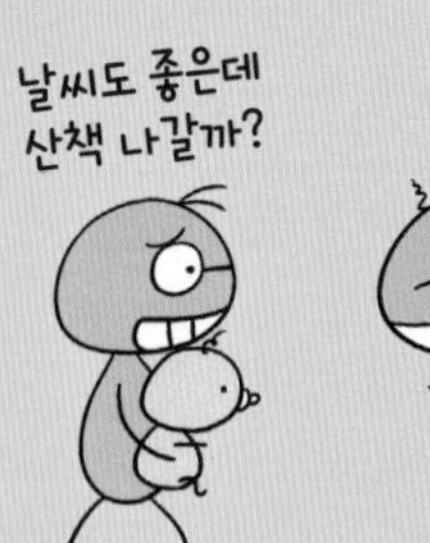
날씨도 좋은데
산책 나갈까?

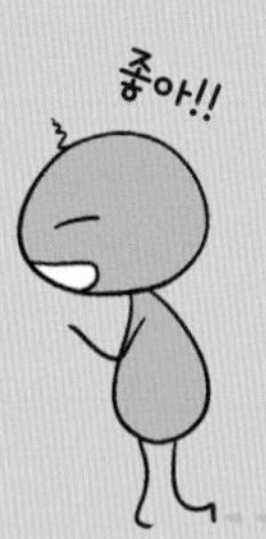
좋아!!

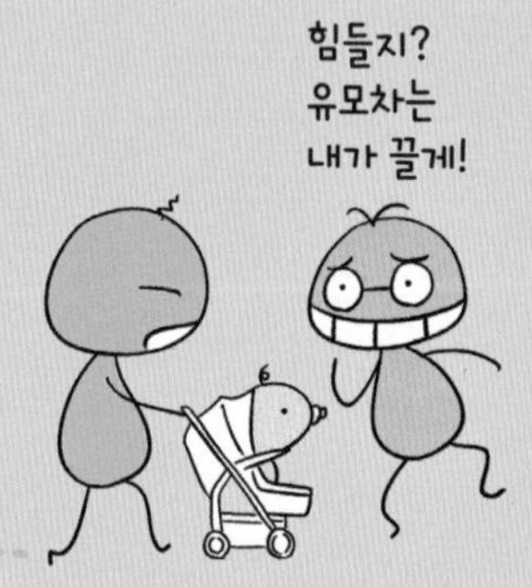
힘들지?
유모차는
내가 끌게!

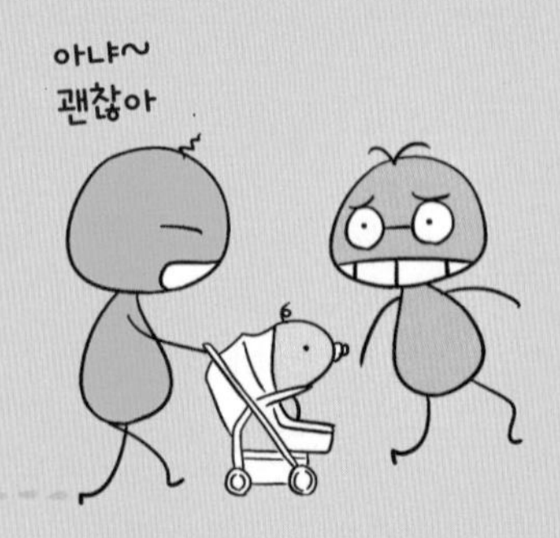
아냐~
괜찮아

괜찮다니깐!!!
내가 끈다니깐!!
투닥투닥

휴… 겨우 사수했다
우씨

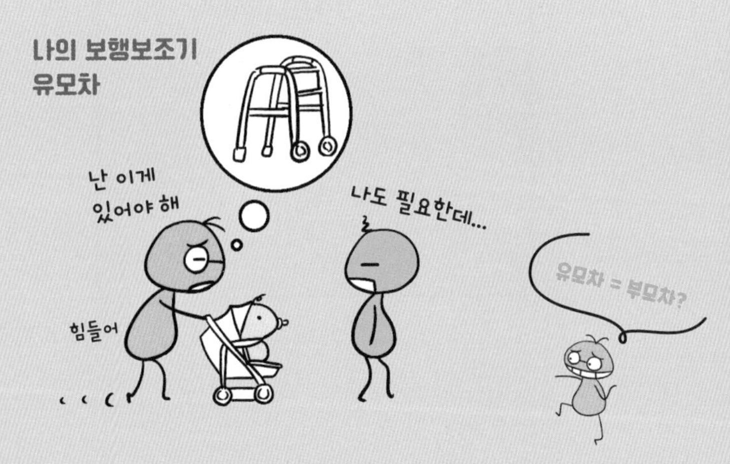
나의 보행보조기
유모차
난 이게
있어야 해
힘들어
나도 필요한데…
유모차 = 부모차?

배려심 많은 남편이라면?....

여보~ 끝나고
친구들하고 커피라도
마시고 천천히 놀다 와
이럴 때라도
스트레스 풀어~!!

날 위한 거니
널 위한 거니?

그냥 가만히 있을 걸

바라는 만큼
먼저 베풀기!

아기에게 가장 바라는 모습…

너무 귀여워 시간이 이대로
멈췄으면 하는 생각도 든다
초롱초롱
너..너무 귀엽자나

즉,
가장 바라는 모습이란 건

이런 모습?
아버지~ 낚시나 하러 가실까요?
귀엽게 생겼는데... 철이 들었네?

그냥 기존대로 커라 아들아
뿔뿔뿔
아기가 아기다워야 아기죠!

오래 자면 좋은 낮잠?....

5시간 후
뭐지..
왜 안 일어나지?
불안
불안
깨워야 하나
불안

에라 모르겠다
이 시간이
너무 달콤해...
미래의 일은
미래에...

그날 밤
쫌 자라...
아싸
소탐대실

결국 그렇게
아침을 맞이했다
♬~
미래 지향은 육아에선
사치랍니다.

오늘의 육아템

♥ 베이비룸

푹신한 매트리스와 벽으로
구성되어 있어 활동량이 늘어나는
아기를 다치지 않도록
안전한 공간에 가둬 둘 수(?) 있어요.

♥ 촉감놀이매트

아이의 소근육 발달에 도움이 되는
촉감 놀이를 집에서 종종 해주게
되실 텐데요. 끝난 후 뒤처리를
좀 더 쉽게 할 수 있어요.

♥ 유아텐트

아기에게 본인만의 공간을
제공해 주면 그 속에서 지내면서
창의력과 독립심, 안정감과 재미를
느낄 수 있다고 해요.

육아를 편하게 하는 방법 ...

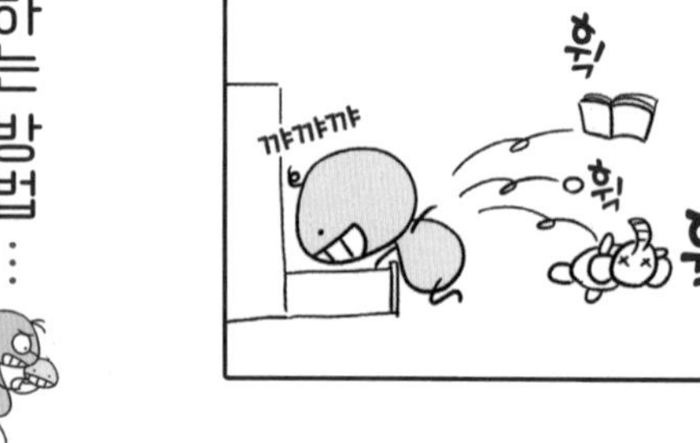

여보~
매번 그렇게 정리하기
힘들지 않아?
그럼
어떡해?

그냥 치우지 마~
그럼 다시 정리할 일도
없잖아?

…

뭐가 문제지?
에효…
기똥찬
생각 아닌가?
서랍 관리 전에
건강 관리부터

이유식을 거부하는 이유…

찌잉찡
여보~
맛이 없나 봐
응?

슌아~
맛이 없어?
이유식을
어찌 만들었길래
궁시렁
궁시렁

냠~
아니지?
맛있지?
컥

더 분발하자
하하
호호
이유식은 맛이
전부가 아니에요.

즐거운 직장인의 공휴일?....

직장에서 어느 날

내일 모레
선거라 쉬네

그 다음 날은
근로자의 날이고!!

또 그 다음 주엔
어린이날이지요~

망했다
육아 출근
4일 추가요

이래서 육아 직장인들이
야근이 잦은 것일까
급 일이 고픈데...?
일이 제일 쉬웠어요!

여름과 겨울이 두렵지 않은 이유…

든든한 아들이 있기에
에어컨이 풀가동이다
여보~
슌이가 덥대
저..저기요
뭐어?!!!!
빨리 에어컨 틀어!!!

추운 겨울이 다가온다
덜덜덜

하지만 이 또한
두렵지 않다
물끄러미

든든한 아들이 있기에
늘 뜨끈뜨끈하다
그만
놔주시죠?
아냐
괜찮아
봄가을도 많이
이뻐해 주실 거죠?

오늘의 육아템

짱구베개

가운데가 푹 꺼진 형태의 베개로
하루 평균 14~15시간 수면을 취하는
신생아들의 두상을 균형있게
바로잡아 줘요.

수면조끼

잘 때 이불을 잘 걷어차는
아기들에게 입히면 이불의
보온 효과를 대신해 주어
추운 계절에 특히 도움이 돼요.

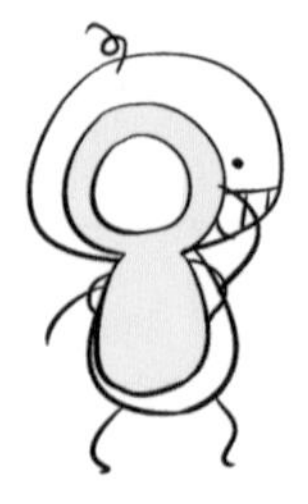

아기머리보호대

아기가 앉고 서기 시작하면서
그만큼 뒤로 넘어질 위험 역시
커지게 되는데 머리 보호용 쿠션이
사고의 피해를 최소화시켜 줘요.

♥ 베이비카미러

돌 이전까지의 아기는 차에 태울 때
보통 후방 카시트로 세팅하여
운전석에서 아기 얼굴을 확인하기
어려운데 이를 해소해 줘요.

♥ 손목보호대

아기가 자랄수록 안거나 케어할 때
무게로 인해 손목 근육에
무리가 가고 다치는 경우가 많은데
이를 예방해 주는 효과가 있어요.

♥ 오사닛캔디

아기가 성장하면서 원더윅스 기간이나
이앓이로 고생할 때 하나씩 주면
달래는 데 효과적이에요.
99.8% 자일리톨 성분이라 인체에도
무해하답니다.

3장

육아의 맛을 아시나요?

육아의 맛…

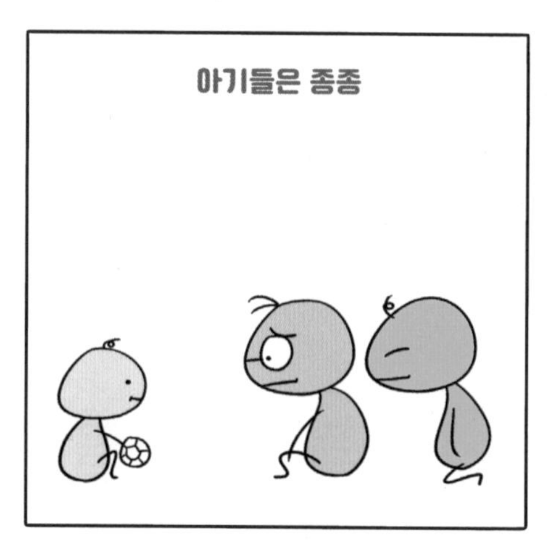
아기들은 종종

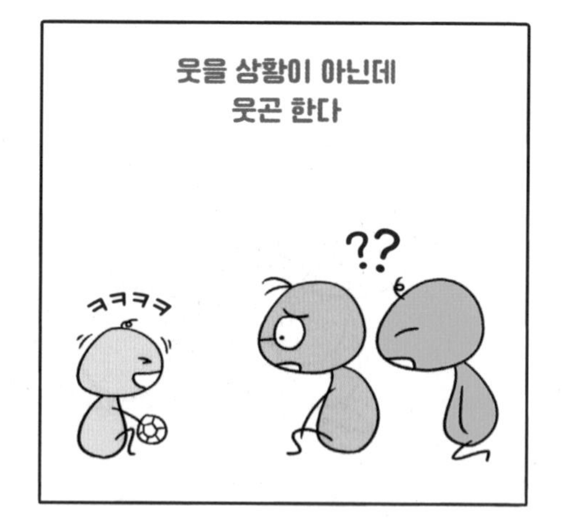
웃을 상황이 아닌데
웃곤 한다
ㅋㅋㅋㅋ
??

그런 아기를 보며
ㅋㅋㅋㅋ
...

어느새 우리도
따라 웃게 된다
ㅋㅋㅋㅋ
ㅋㅋㅋㅋ

웃을 상황이 아닌데
웃을 수 있다는 것
ㅋㅋㅋㅋ
ㅋㅋㅋㅋ

그게 바로
육아의 맛 아닐까
그 어디서도
느낄 수 없는 맛

영유아 검진 결과의 비밀…

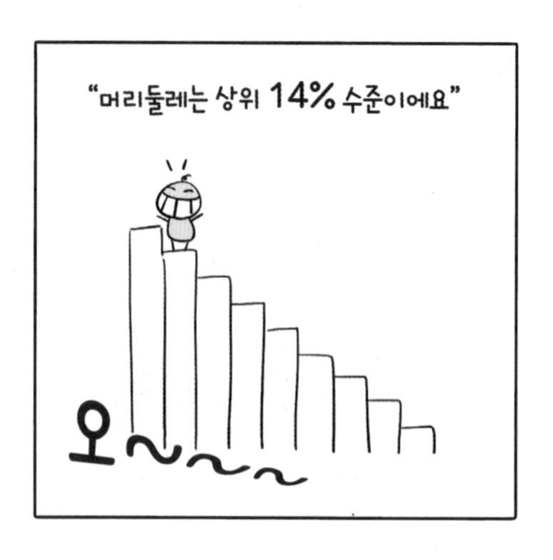
"머리둘레는 상위 14% 수준이에요"
오~~~~

"체중은 상위 7% 수준이에요"
오오~~~~

우와~ 슌이 진짜
잘 컸네!!!!
7%래~
7%~

근데 뭔가 좀 이상한데
머리랑 몸무게가
큰 게 좋은 건가?
부들부들
무조건 크면 좋은 겁니다 :)

아이가 진짜 사랑스러운 순간…

아이가 옷을 들고 기다린다
짠
심쿵!

너무 사랑스러운 순간이다
너도 이제
일 좀 하는구나

다만

벗어 놓은 옷이라는 게 함정
어쩌지... 아이가 보고 있다
초롱초롱
아이를 실망시키면
안 되겠죠?

오늘의 육아템

샤워캡

아이의 머리를 감길 때 물을 뿌려도 얼굴이나 귀쪽으로 흘러내리지 않아 부모도 아이도 보다 편안한 목욕 시간이 가능해요.

샤워핸들

어느 정도 성장한 아이를 홀로 씻길 때 아이가 스스로 설 수 있도록 도와주어 몸에 가는 무리와 위험 부담을 줄여 줘요.

목욕그네

아직 몸을 잘 가누지 못하는 신생아를 직접 들지 않아도 그물망 위에 눕힌 상태로 쉽고 편하게 목욕시킬 수 있어요.

아이가 가장 좋아하는 먹이 체험…

육아를 하면
동물 볼 일이 많아진다

슌아~ 토끼다 토끼

꺄~

바로 동물 먹이 체험이다
토끼한테 당근 줘
맘마~ 맘마~

어떤 동물 먹이 체험이든
아이가 좋아하지만
꺄아꺄아

그중 가장 좋아하는
먹이 주기 대상은
맘마~맘마~

바로 아빠다
고..고맙습니다
동물이 이런
기분인가?
인간도 사회적
'동물'이니까요.

아이가 단어를 이해하면서
ㅅ ㄷ ㅁ ㅇ
ㄱ ㄴ ㄹ ㅂ ㅈ

입을 까닥 잘못 놀리면
여보~
더운데 수박 먹을까?

아...
스윽

하루가 매우 피곤해진다
슌아~~ 먹었잖아~
더 먹음 큰일 나!!!
꺄아아~

그래서

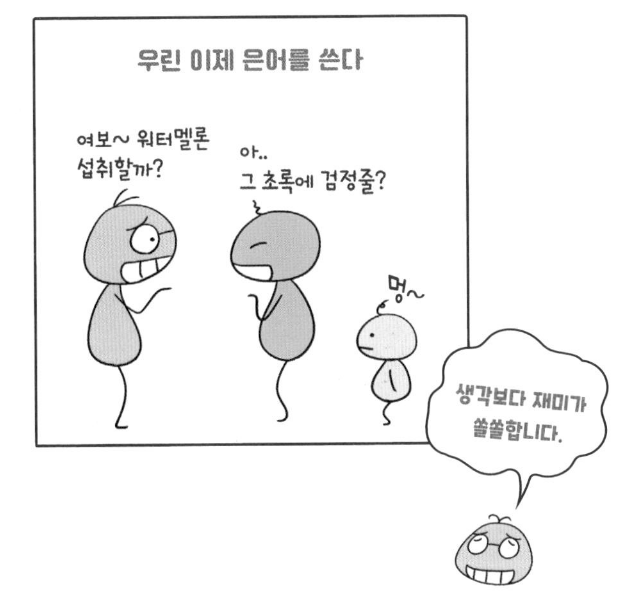

우린 이제 은어를 쓴다
여보~ 워터멜론 섭취할까?
아..
그 초록에 검정줄?
멍~
생각보다 재미가 쏠쏠합니다.

자녀의 용변 교육…

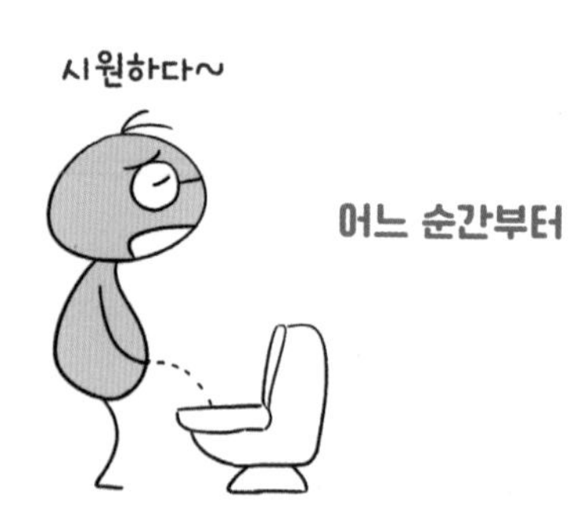

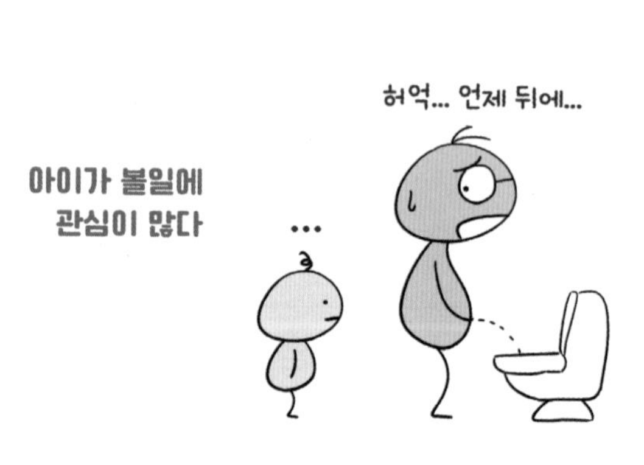

아이가 볼일에
관심이 많다
허억… 언제 뒤에…
…

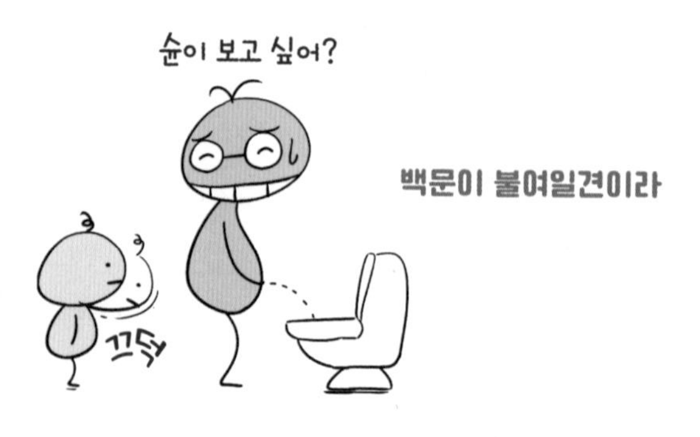

슌이 보고 싶어?
백문이 불여일견이라
끄덕

자~ 이렇게 슌이도
하는 거야~~
초집중

교육 차원으로
개방하지만

슈.. 슌아..

큰 볼일은 좀...

이게 보고 싶냐?

...

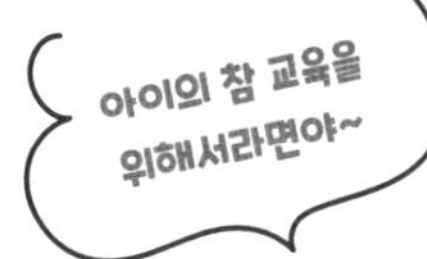
아이의 참 교육을
위해서라면야~

육아를 하면 생기는 병…

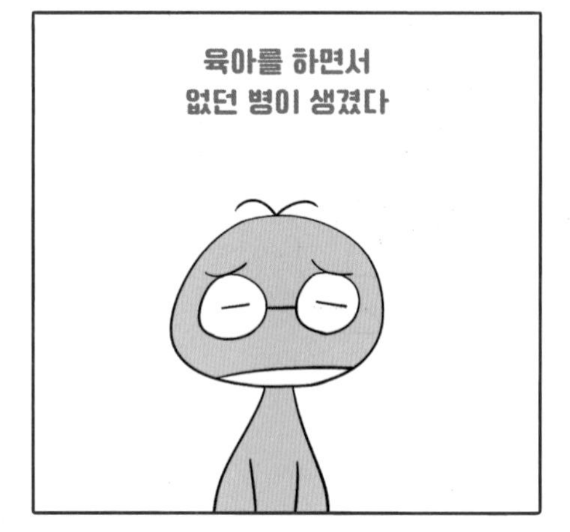
육아를 하면서
없던 병이 생겼다

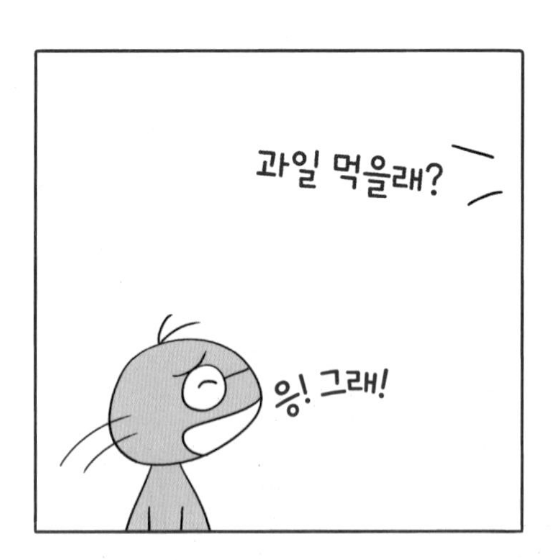
과일 먹을래?
응! 그래!

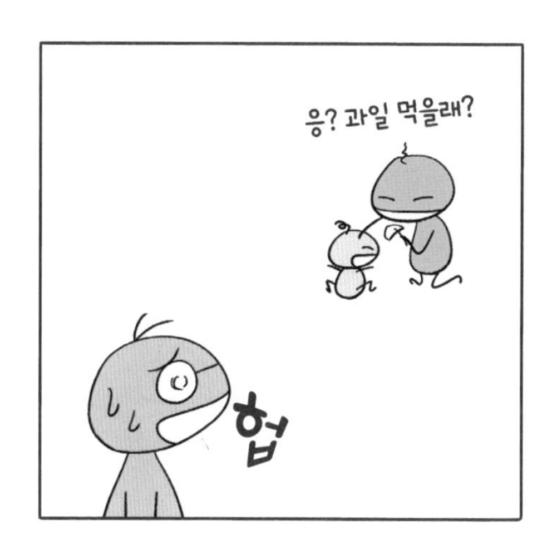
응? 과일 먹을래?
헙

밖에 나갈래?
응! 그래!

응? 밖에 나갈래?
헙

그 병은 바로 착각병
왜 나한테 말한 것 같지...?
착각이 착각이 아닌 날이 왔으면...
토닥토닥

베이비캠

아기 주변에 설치해 휴대폰으로
아기의 실시간 상황을 체크할 수
있어요. 급하게 외부 볼일이 있을 때
아주 유용해요.

서랍잠금장치

아기들은 본능적으로 서랍을 열고
닫는 행동을 자주 하는데 이로 인해
발생하는 상해나 물건 파손 등의
위험을 막을 수 있어요.

도어쿠션

아기들은 문을 여닫는 행동을
놀이 삼아 하곤 하는데
이때 문이 완전히 닫히는 것을
막아 손이 끼는 사고를
방지해 줘요.

자립심 강한 아이가 편하다?....

아이가 크면서

슌아~ 옷 입자~

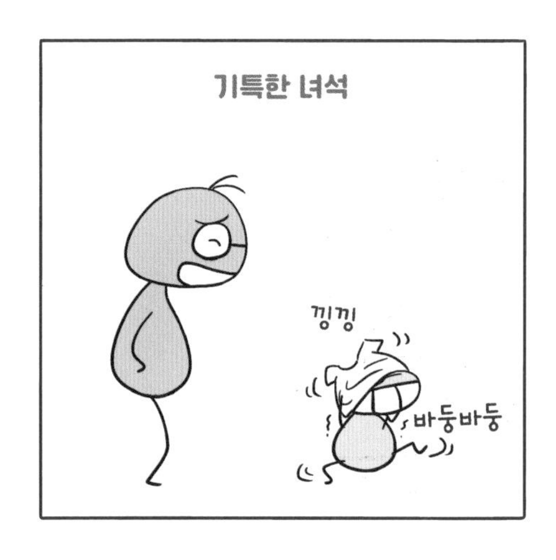
기특한 녀석
낑낑
바둥바둥

덕분에 아빠의 수고를
덜겠구나
끄으으응~

그런데 어째서

아빠는 더 힘들어지는 걸까
저기.. 잘못 입었어~
아빠가 도와줄게
꺄꺄꺄!!!
(저리가~
내가 할거야!!)
훠이
훠이
고통 없는 성장은
없다잖아요.

발달 빠른 아이, 느린 아이…

시간이 어느 정도 지나니
아빠~

슬슬 아이들의
언어 발달 차이가 보인다
엄마~
나 배고픈데
맛있는 것 좀
사주세요
그래그래
슌아~~

빠른 아이들은
엄청 빠른 듯
와~ 말 진짜
잘한다

우리는 보통 정도
되려나
어린이집을
늦게 보내
그런가…?

하지만 별걱정은 없다
어차피 크면 다 똑같은 걸

건강하게만 자라 주길
신체 발달은 최곤데...
28개월에 15kg라니....
한국말 못하는 사람
주변에 있나요?

31개월 아이 아빠의 깨달음…

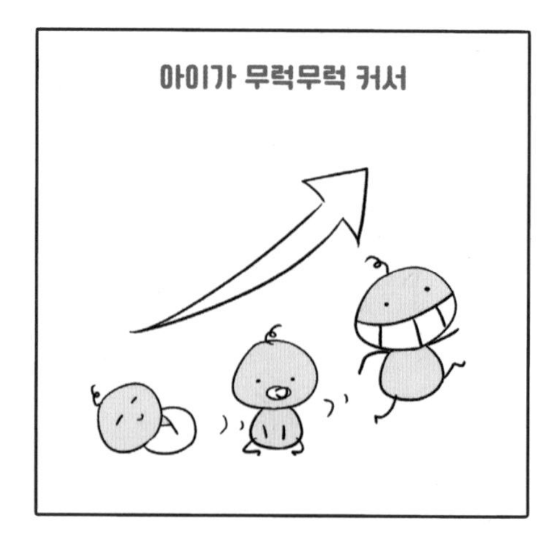

앞으로 더욱 분발해서
오오오오

아이에게 더 넓은 세상

더 많은 경험을 시켜
줘야겠다

36개월 무료 혜택이
얼마 안 남았거든
12... 24개월
무료 혜택 끝나서
힘들다 아빠
어릴 때 많이
놀러 다니는 게
돈 버는 것

오늘의 육아템

유모차모빌

아기와 외출 시 유모차에 거치해 사용할 수 있도록 특수 제작되어 아기의 집중력을 높여 주고 보채는 걸 방지해 줘요.

유모차장갑

추운 겨울철 유모차를 사용할 때 손이 시리지 않도록 해주는 유모차 전용 장갑이에요. 쉽게 탈부착이 가능해서 편리하답니다.

유모차가방걸이

유모차를 이용할 때 가방을 걸 수 있도록 탈부착 고리 형태로 되어 있어요. 어느 유모차에나 쉽고 간편하게 거치해 활용이 가능해요.

#부드러운 육아 vs 강한 육아…

누가 이길까?
VS
ROUND 1
FIGHT

햇님과 바람의 내기
동화 알아 몰라!!
응?

바람이 힘으로
옷을 벗기려 했더니
어때?
음...
실패...했지?

WIFE WIN
VS
할 말 없지?
음....
반박이
안 된다
아내의 말이
그냥 정답입니다!

아이의 말이 트이면 편해진다?…

육아 초창기
그렇게 생각했다
네가 말을 할 줄 알면
참 편해질 텐데…
???

어느덧 아이가
말을 하기 시작했다
응?
아빠!!!

어?;; 어...
안아!!!

뭐 먹고 싶어?
이거?

컥!
아냐!!!!!!!!!!!!

...편해진 건가?
어어... 그래그래
딸기!!!!!!!!!!!!
그래도 아이는
편해졌겠지요?

아기 낳길 잘했다고 느끼는 순간…

아기 낳길 잘했다고
느끼는 순간?

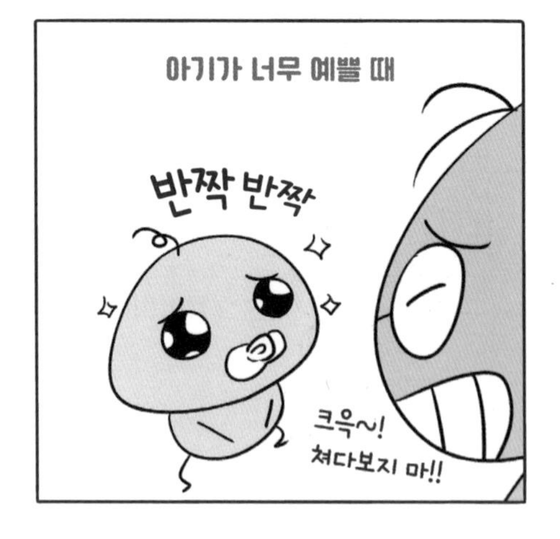

아기가 너무 예쁠 때
반짝 반짝
크윽~!
쳐다보지 마!!

집안 분위기가 살았을 때
시끌벅적
거기 서!!

부모님이 기뻐하실 때
오구오구~
닮겠어요~

모두 맞긴 하지만
그중에서도

아내가 활짝 웃을 때
인 것 같다
앞으로도
아빠가
잘 부탁해
네가 기쁘면
나도 기쁘니까

오늘의 육아템

모서리보호대

아기들의 활동성이 왕성해지면서
집안 곳곳의 날카로운 모서리에
다칠 확률이 높아지게 되는데
간편하게 부착해 이를 방지할 수 있어요.

층간소음매트

항상 집에서 뛰어다니는 아이들로 인해
위아래 층에 사는 이웃들과 불편함이
생길 수 있는데 소음을 감소해 줘요.

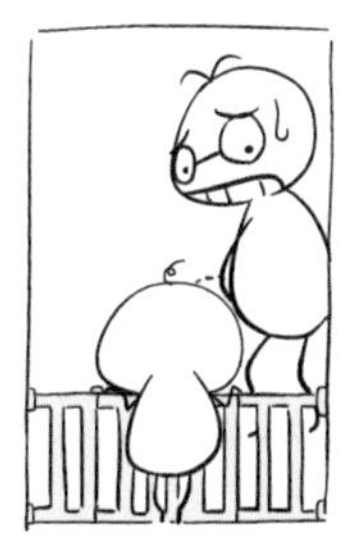

안전문

아기들의 활동 범위와 활동성이
커지면서 접근 자체를 물리적으로
막는 벽을 설치해 집 내부 시설로 인해
사고 나는 것을 방지해 줘요.

#특별한 저녁 메뉴…

슌이 이유식
만드는데?
아...응;;

그날 저녁
자~ 밥 먹자!
오늘은 특별식
오오!!
뭔데 뭔데?

소고기 비계
버섯 줄기
청경채 줄기

뭔가 수상한데
아 아니~~
너무 맛있겠다~
무슨 문제라도?
재료가 아닌
맛에 집중하세요!

어린이집 보내는 아빠 마음…

어린이집 등원을 시작했다

으아~!
늦었다 늦었어

왠지 모르게 맘이 짠하다
아빠한테
인사하자~

쿵!

…

자유다
홱~
꺄호~~~~~
군대 전역한 기분과
맞먹을 정도

육아로 더 행복하신가요?...

육아로
더 행복하신가요?

훨씬 행복해졌어요
...라고 말하고 싶지만

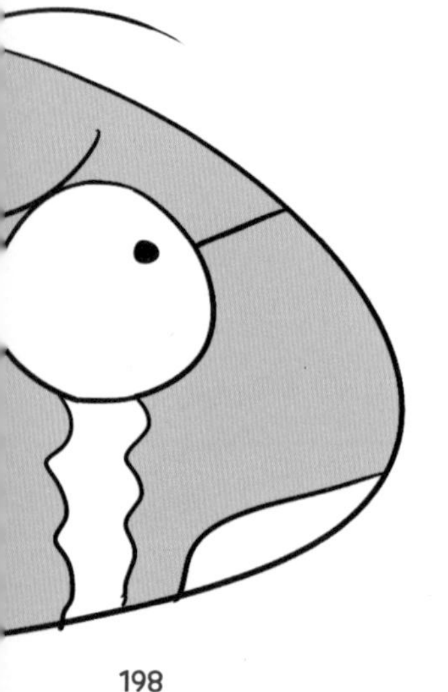

육아 이후로
부부끼리 다툼은 잦아지고
서로 관계도 소원해지고
나의 시간도 없어지고
더 행복해진 걸까요...?

물론~
아이는 너무 귀엽고
예쁘지만요...

이런 마음을 갖다니 나도 참...
나쁜 아빠다 그렇지?

아이에게 미안하다

하지만 난 믿는다
앞으로 더 행복해지리라

더 행복해지려고
함께 하는 거니까

아이가 아빠보다 나은 이유…

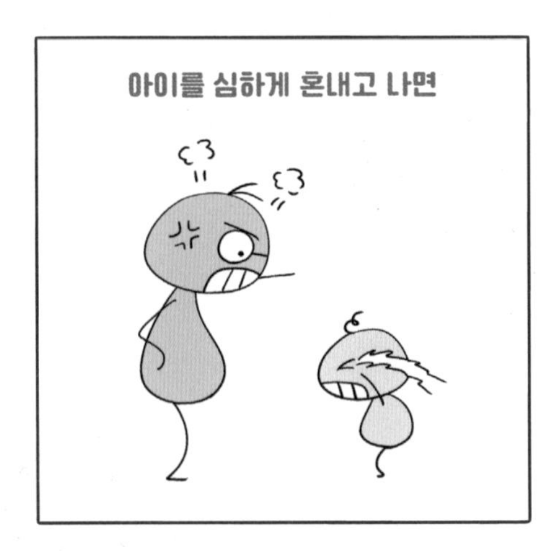

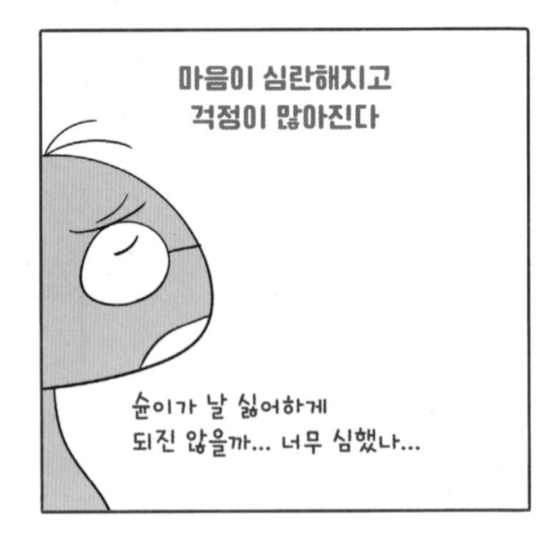

마음이 심란해지고
걱정이 많아진다
슌이가 날 싫어하게
되진 않을까… 너무 심했나…

하지만
걱정
불안
앗!
와…왔니???
초조

응??
꺄~아빠~~~
=3

아이들은 생각보다 쿨하다

어어~
그래그래

꺄~

오늘의 육아템

수도꼭지연장탭

일반 세면대에서 물이 닿지 않아 불편한 아이들을 위해 설치하면 물의 방향 조절이나 범위를 확대시킬 수 있어요.

아기변기

아기들이 기저귀에서 팬티 단계로 넘어가기 위해 용변 연습을 하거나 성인용 변기가 불편한 경우 사용해요.

아기변기커버

아기들이 일반 변기를 사용할 때 성인용 변기 커버의 크기가 맞지 않기 때문에 위험할 수 있는데 이때 설치해 줘요.

팬티의 의미…

팬티를 입힌다는 건
널 믿는다는 것

고마워요
아빠
절 믿어 주셔서

앗!
벌써 잘 시간이네
?

다시 기저귀 입을래?
믿긴 하는데...
싸면
뒷감당이
안 된다
믿는다매
그냥 보험이라고
생각해 주렴!

육아 작용 반작용의 법칙…

혼자 할 수 있는 일이
늘어난다
아이고~
혼자서도
잘 싸네
끄응~~

자~
옷이나 갈아입을까?
꺄~!!
슌이가
옷 줘!!!

반대로 난
자~
빨래나 널어 볼까?
꺄~!!
슌이가
빨래 줘!!

혼자 할 수 있는 일이
줄어든다
볼일 좀…
꺄~!!
슌이 볼래!!
좋아해야 할지
말아야 할지…

양치질 싫어하는 아이라면…

가만...
그러고 보니....
??

슌이 이빨
유치 맞지?
응, 유치 맞지..

유치면 곧 빠질 거잖아.
어차피 빠질 거
안 닦으면 어떨까?!!

유치하긴...
좋은 생각
아닌가...
진담으로
받아들이신 거 아니죠?

오늘의 육아템

유아디딤대

키가 작은 아이들의 눈높이를 맞춰 주는 보조 발판으로, 높은 세상(?)을 보고 싶어 하는 아이의 욕구 충족은 물론 사고 위험도 줄일 수 있어요.

로봇청소기

육아를 하다 보면 개인 시간은커녕 간단한 청소조차 부담스러운 경우가 많은데, 이때 큰 도움을 받을 수 있어요.

미스트식염수

건조한 환경에서 아기들은 쉽게 코가 막히는데 간단히 버튼을 누르면 나오는 미스트형 식염수가 이물질을 녹여 코가 자연스럽게 뚫리도록 도와줘요.

육아용품 중고 거래의 이점…

아줌마가
줬어!!
응??

생각해 보니
아이 눈엔 그렇게
보일 수 있겠네

어쩌면 다행일지도

네 눈엔 그만큼 세상이
더 아름다워 보일 테니까
때가 타지
않았으면 하는
아빠 마음

육아하며 서러운 순간…

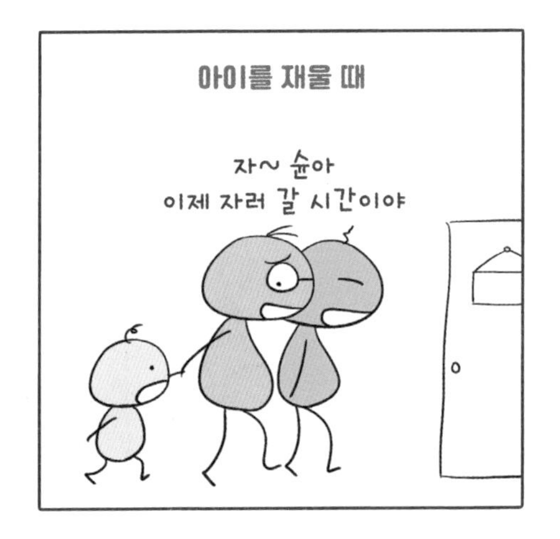

아이를 재울 때
자~ 슌아
이제 자러 갈 시간이야

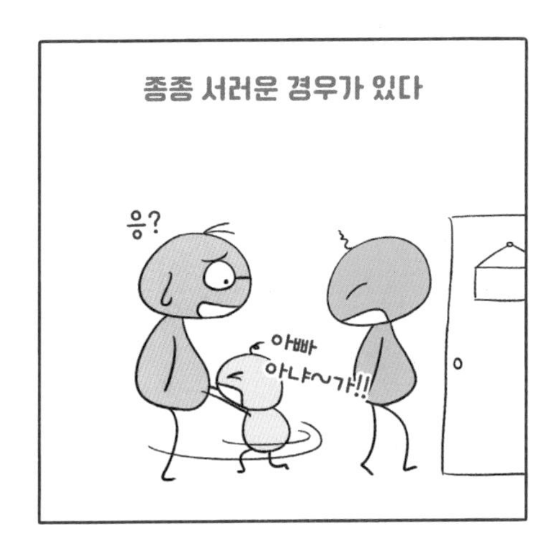

종종 서러운 경우가 있다
응?
아빠
아냐~가!!

마음이 아프지만
아이를 재우기 위해서라면야
아빠 가면
잘거야?
네~~!!

아빠~!!!

날 다시
불러주는 거니?
크흑

두 번 죽이는군
아...
베개 가져 가라고?
딸이면
반대 상황이었을까?

육아 가정의 아침 풍경…

아... 더 자고 싶다
ㅇㅇㅇ...
ㅇㅇㅇ...
일어나!!!

ㅇㅇ..
더 자고 싶은데...
비몽사몽
꺄꺄~

•••

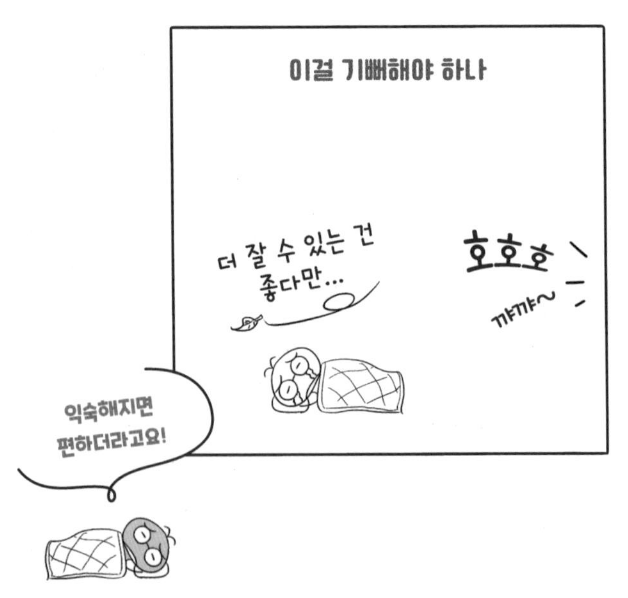
이걸 기뻐해야 하나
더 잘 수 있는 건 좋다만...
호호호
꺄꺄~
익숙해지면 편하더라고요!

신생아를 보면 느끼는 기분…

뭔가 짠하면서도
한편으로는 으쓱한 기분
어떡하냐
힘들겠다
아휴~ 언제 키우냐
그래도 우린
2년 지났는데
그래그래
힘든 여정이었지

말년 병장이 이등병 보는
심정이랄까
허허허
에헴
에헴

아빠!

현실 자각 타임
말년 병장은 무슨 개뿔
아빠!
누가 누굴 걱정해?
그래도 일병 정도는 되지 않을까요?

오늘의 육아템

유아쿨매트

통기성 좋고 시원한 인견 또는 모달 등의 다양한 특수 원단으로 제작되어 여름철 열이 많은 아기들이 시원하게 숙면을 취할 수 있어요.

디데이달력

쑥쑥 크는 아기의 사진을 남기는 과정에서 함께 활용하면 기록 차원에서도 좋고 사진이 더욱 예뻐지는 효과도 덤으로 생겨요.

목튜브

어릴 때부터 아기의 소근육 및 균형 발달에 도움이 되는 물놀이를 체험할 수 있도록 안전하게 목에 끼우는 형태로 제작된 튜브예요.

♥ **아기욕조매트**

욕조에서 아기 목욕을 시킬 때
미끄러지지 않도록 도와줘요.
특히나 성인용 욕조를 많이
활용하시는 경우에는 필수랍니다.

♥ **유아프로젝터**

어두운 실내에서 빛을 쏘아
아이들이 좋아하는 그림이나
사진을 볼 수 있어요.
특히 잠이 없는 아이의 수면
유도용으로 좋아요.

♥ **아기모기장**

다양한 사이즈는 물론 가볍고
휴대성이 높아 모기가 기승을
부리는 계절에 아기를 완벽하게
보호할 수 있어요.

금쪽상담소

♥ Q&A ♥

Q1

태열 증상이 올라와요!

아이가 30일쯤 되었을 때일까요? 얼굴에 좁쌀 같은 피부 발진이 하나 둘씩 생기더라고요. 사실 처음에는 시간이 지나면 사라지겠거니 하고 대수롭지 않게 생각했는데, 양쪽 볼부터 시작해서 입술 아래 턱, 이마까지 얼굴 전체적으로 점점 늘어나는 거예요.

나중에 병원에 가서 알게 된 사실이지만 이게 바로 신생아 여드름, 피부 발진, 태열 등 다양하게 불리는 증상으로 (정확한 구분이 있는 것 같진 않더라고요) 특히 건조한 겨울철에 증상이 심하게 나타날 수 있어요. 인터넷 검색도 하고, 병원, 보건소 등에서 다양한 전문가들의 의견을 들어 보았지만 결론만 말씀드리자면 해결 방법은 딱 두 가지입니다.

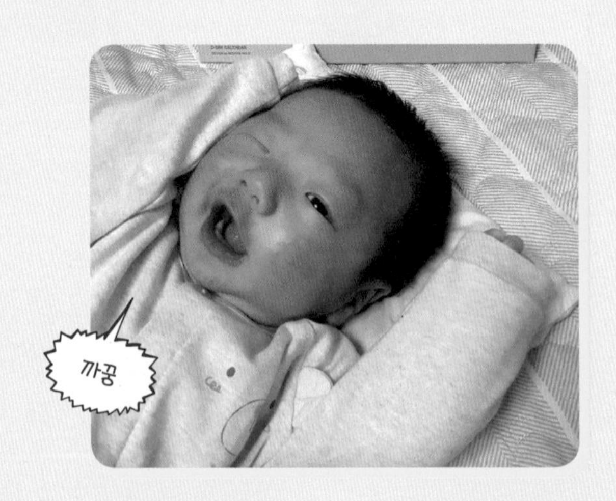

온도 조절은 기본 중에 기본

의사 선생님은 실내 온도를 24~26도 사이로 맞추라고 하셨는데, 제가 느끼기에는 조금 더운 감이 있더라고요. 그래서 23~24도 정도로 맞추니 적당했어요. 개인차가 있을 수 있으니 참고하셔서 조절해 주세요.

보습 크림·로션은 수시로

사실 이게 가장 중요한데, 손을 깨끗이 닦은 후 보습 크림이나 로션을 수시로 발라 주세요. 브랜드는 크게 중요하지 않고, 아기용 순한 보습 크림을 발라 주시면 됩니다. 저희는 하루에 2~3번 정도 발라 주었답니다. 그렇게 하루 이틀 지나니 어느새 아기의 얼굴이 깨끗해졌어요.

아기들은 참 민감해서 조금만 비위생적이거나 온도가 높아도 바로 다시 울긋불긋 증상이 올라올 수 있답니다. 그래서 세심하게 관찰하고 있다가 조금이라도 증상이 보인다 싶으면 초기에 집중적으로 치료해 주는 게 매우 중요한 것 같아요.

집에서도 충분히 치료가 가능하니 소개한 방법으로 관리해 보시고, 그럼에도 증상이 호전되지 않는다면 병원 전문의의 상담을 받아 보세요.

Q2

현명한 어린이보험 가입 방법은?

태아보험과 어린이보험의 차이는 무엇이며 담보는 어떻게 하는지, 금액은 적정한 것인지 보험에 대한 고민으로 골치가 아프신 분들께 조금이라도 도움을 드리고자 합니다.

태아보험 VS 어린이보험

태아보험이란 어린이보험에 태아 특약을 추가한 것입니다. 출산하면서 발생할 수 있는 질병 상해에 대한 보장을 위해 선천적인 이상, 저체중아 인큐베이터, 주산기 질환 등의 태아 관련 특약을 추가하여 가입하는 보험입니다. 아기가 엄마의 배 속에 있을 때 가입을 하고, 출생 이후에는 태아 특약이 빠지고 어린이보험으로 전환됩니다. 보험은 문제가 생길 것에 대비하는 것이므로, 태아보험을 드는 것이 좋으냐 아니냐는 정답이 없어요. 본인의 판단에 따라 선택하시면 됩니다.

보험 가입은 비교가 생명

개인 또는 법인에서 일하는 보험설계사에게 가입을 하면 아무래도 보험사를 바로 통하는 것보다 혜택을 받을 수 있어요. 보험설계사를 통해 가입하는 경우 보험에 대한 세부 담보는 자세히 모른 채 그냥 맡기는 경우가 많은데, 저는 그러고 싶지 않았어요. 무엇보다 내 아이와 관련된 문제인데 꼼꼼히 살펴보지 않고 가입했다가 나중에 일이 생겼을 때 보상도 받지 못하면 정말 난감하잖아요. 그래서 어린이보험에 대해 하나도 모르는 상태에서 일단 맘 카페에서 추천받은(광고성 포함) 몇몇 설계사에게 연락을 돌리기 시작했습니다. 원하는 월 납입 금액 수준과 납입 연수(10년 or 20년), 보장 연수(30세 or 100세) 등을 알려 주고, 보험을 설계해서 보내달라고 하신 후 설계서가 모두 도착하면 엑셀로 한번 정리를 해보세요.

아래 참고 자료를 보시면 설계사 A를 대조군으로 놓고 B, C, D의 보험 설계 내용을 비교해 놓은 것을 보실 수 있어요.

□ 동일한 담보 내용 □ 담보 항목은 같으나 보험료가 다른 경우 ■ 대조군 대비 해당 담보가 빠진 경우

설계사 A		설계사 B			설계사 C			설계사 D			최종 결론			
항목 (대조군)	보험료	비교 (실험군)	다른 항목	보험료	비교 (실험군)	다른 항목	보험료	비교 (실험군)	다른 항목	보험료	공통항목	보험료	기타 항목	보험료
기본계약	1,570		중대한 특정상해 수술	340		상해입원일당 1~10일	417		5대골절 진단담보	840	기본계약	1,570		
보험료납입 면제대상 담보	6	60				상해입원일당 1~180일 종합병원	976		상해입원일당 1~180일 중환자실	710	보험료납입면제 대상담보	6		
골절 진단담보	1,024					상해수술2 (1종)	252		5대골절 수술2	150	골절진단담보	1,024		
골절 진단담보	1,023					상해수술2 (2종)	325		심한 상해수술	288	골절진단담보	1,023		
화상 진단담보	305					상해수술2 (3종)	110		중대한 특정 상해수술	680	화상진단담보	305		
중증화상/ 부식진단담보	44				110	상해수술2 (4종)	22		뇌내장 손상수술	763	중증화상/ 부식진단담보	44		
상해입원일당 담보(1~180일)	2,835					상해수술2 (5종)	8	1,701	상해수술2 (1종)	252	상해입원일당담보 (1~180일)	2,835		
상해수술2	2,030				1,015	질병수술 1~5종(1종)	406		상해수술2 (2종)	325	상해수술2	2,030		
골절수술2	325	■			■	질병수술 1~5종(2종)	310	650	상해수술2 (3종)	110	상해흉터 성형수술	67	골절 수술2	325/ 650
화상수술2	19	■			■	질병수술 1~5종(3종)	90		상해수술2 (4종)	22	질병후유장해	225	화상 수술2	19
화상수술2 (3도이상)	5	■			■	질병수술 1~5종(4종)	380	■	상해수술2 (5종)	8	암진단2	3,660		
상해흉터 성형수술	67					질병수술 1~5종(5종)	250		질병후유장애 (80%이상)	50	유사암진단2	110	상해 수술2 (1종)	252

그리고 대조군에 없는 추가 담보는 별도의 셀에 각각 표기를 해두었습니다. 이렇게 서로 다른 네 명의 보험설계사의 설계를 한눈에 비교해 보면 주로 어떤 담보가 공통적으로 들어가고, 어떤 담보가 뜬금없이 들어가 있는지 보입니다. 즉, 뜬금없는 담보를 많이 넣은 설계일수록 설계사의 전문성과 신뢰성을 낮게 보았어요. 평가를 내리기 전에 해당 담보에 대한 내용을 인터넷에 하나하나 검색해 보면 자세한 설명이 나옵니다.

이런 식으로 네 명의 설계 내용을 비교해서 최종적으로 우측 셀에 정리를 합니다. 공통적으로 같은 담보 항목은 저도 의심 없이 가입 설계 내용으로 넣고, 서로 이견이 있는 담보는 검색해 보거나 설계사에게 문의해 선택적으로 넣었습니다. 그렇게 최종 완성한 담보 및 금액이 원하는 금액대와 맞는지 확인하고 문제가 없다면 이제 보험설계사를 고르는 일만 남았는데요. 사실 고객이 직접 구성한 담보 내용이기 때문에 그 누구에게 가입해도 보험료는 동일합니다.

누구를 선택할까?

그렇다면 결국 어떤 기준으로 설계사를 결정할까요? 가입 리워드 및 설계사의 마인드입니다. 설계사의 마인드가 중요한 이유는 추후 보험료를 청구할 때 도움을 받을 수 있기 때문입니다. 설계사에게 고객의 보험료 청구에 대한 지원 의무는 없지만 적어도 일정 기간은 고객 유지 관리 차원에서 보험료 청구에 대한 도움을 줍니다. 몇 마디 나눠 보면 친절한지, 전문적인지 답은 쉽게 나옵니다. 이처럼 가입 리워드 및 설계사 마인드에 대한 평가가 끝났다면 그대로 가입하시면 됩니다.

Q3

트림을 쉽게 시키고 싶어요!

기본적으로 신생아들은 소화 기관의 발달이 덜 되어 있기 때문에 수유 후 역류하는 일이 비일비재합니다. 특히 수유 시 공기를 많이 먹는 경우 배 속에 가스가 차게 되어 이를 제대로 빼 주지 않으면 더 쉽게 역류가 되기 마련이죠. 그래서 신생아 트림은 정말 중요해요. 지금부터 쉽게 아기 트림 시키는 세 가지 자세를 알려 드릴게요.

난이도 하

개인적으로 난이도가 가장 낮은 편에 속한다고 생각하는 자세입니다. 사진과 같이 아기를 무릎에 올려놓고 머리는 한 손으로 받쳐 준 상태에서 (가슴에 살짝 기대게 하시면 편해요) 토닥토닥 등을 두드려 줍니다.

기본적으로 아기 무게에 대한 부담이 적고 자세도 꽤 안정적이라서 여성분들이 하기에도 어렵지 않으실 거예요. 등을 두드릴 때는 너무 세게 하실 필요 없이 토닥토닥 가볍게 천천히 해주시면 됩니다. 그러다 보면 어느 순간 아기의 트림 소리를 들을 수 있답니다.

난이도 중

아마 가장 많이 알고 있는 트림 자세일 텐데요. 아기를 가슴에 안은 상태에서 등을 두드리는 자세입니다. 산모 교실이나 조리원에서도 이 방법을 알려 주는 경우가 많아요. 아기 엉덩이 아래로 팔을 넣어 안정적으로 앉은 자세를 취하게 하고, 머리는 어깨 쪽으로 누인 상태에서 등을 가볍게 토닥토닥 두드리는 것입니다.

사실 이 방법도 어려운 건 아니지만 직접 해보니 앞서 설명한 자세에 비해 상대적으로 어렵다고 느껴졌어요. 아기의 무게를 감당해야 하기 때문입니다. 특히 아기가 움직이면 자칫 뒤로 넘어갈 수도 있습니다. 장점이라면 앞선 자세보다 더 빨리 트림을 하는 것 같고, 부모가 이동 중에도 할 수 있다는 점입니다. 단점은 트림할 때 살짝 역류하는 경우가 더 발생하고, 어깨에 얼굴을 대고 있다 보니 옷에 이물질이 묻는 경우가 많습니다.

난이도 상

다음 자세는 바로 아기를 무릎에 앉혀서 앞으로 숙이게 한 후 머리가 움직이지 않도록 손으로 받쳐 주고 등을 토닥토닥 두드려 주는 방법입니다. 이 방법은 무엇보다 효과가 가장 빠릅니다. 다만, 아기가 자세를 조금 불편해 할 수도 있습니다. 아기가 심하게 움직이면 자세가 흔들려 떨어질 수도 있으니 힘이 약한 여성분들이라면 더욱 조심해 주세요. 또한 개인적으로 느끼기에는 아기 허리에 부담이 되지 않을까 하는 우려도 들더라고요. 그래서 초반에는 멋모르고 이 자세를 취하다가 나중에는 잘 시도하지 않는 자세였어요.

신생아 트림의 경우 어떤 자세를 취하든 항상 잘되는 것은 아닙니다. 어떤 때에는 바로 효과가 있기도 하고, 어떤 때에는 오랜 시간 공을 들여도 안 되기도 하지요. 특히나 수유 중 잠든 경우에는 더 어려워요. 트림도 아기가 깨어 있을 때 더 잘되는 편이니 잘 자고 있는 아기를 깨우려고 하기보다는 적당히 5분 정도 시도해 보다가 트림이 나오지 않는다 싶으면 좀 더 안고 있다가 눕혀 보세요. 트림을 하지 않은 상태라 너무 빠르게 눕히면 역류 가능성이 높습니다.

눕히고 조금 있다 보면 아기가 스스로 불편해서 끙끙대며 이상한 소리를 내는 경우가 많아요. 이때 바로 다시 일으켜 세워서 트림을 시도하는 것이 중요합니다. 그렇지 않으면 토하거나 배앓이로 이어질 가능성이 매우 높습니다. 아기가 깨어 있는데도 계속 트림이 나오지 않으면 자세를 바꿔 보세요. 공기가 밖으로 빠져나오고 싶어도 특정 자세로 인해 막혀 있는 것일 수도 있어요. 자세를 바꾸는 순간 트림을 하는 경우가 종종 있습니다.

Q4

배앓이 증상이 너무 심해요!

간혹 아기가 굉장히 고통스러워 하면서 우는 경우가 있습니다. 다리를 잔뜩 웅크리기도 하고 아무리 달래도 잘 달래지지가 않습니다. 이런 상황에는 배앓이 증상을 의심해 봐야 하는데요. 특히 새벽에 배앓이 증상이 더 심해지는 경우가 많다고 합니다. 저희 아이 역시 밤만 되면 잠을 자지 못하고 울음바다라 같이 밤을 새우기 일쑤였어요.

왜 이럴까요?

사실 배앓이의 원인은 아무리 찾아봐도 너무 다양해서 단정하기 어려운데요. 주요 원인으로는 배에 가스가 많이 차는 경우, 과식이나 소화 불량인 경우가 있습니다. 그 외에도 아기가 불안하다고 느끼는 경우에도 배앓이를 한다고 합니다.

어떻게 해야 할까요?

① 분유를 바꿔 주세요

가장 효과를 본 것이 분유 바꾸기입니다. 사실 아이가 아파할 때 한두 번 바꿔 보았는데 큰 변화가 없어 분유는 크게 상관이 없다고 생각했는데, 분유를 제대로 바꾸고 나니 갑자기 배앓이가 감쪽같이 사라졌어요. 분유 종류가 굉장히 많고 헷갈려서 처음에는 그냥 병원에서 주던 브랜드로 먹였는데, 아이에게 맞는 분유를 먹이니 배앓이가 사라지더라고요. 조금만 검색해 보면

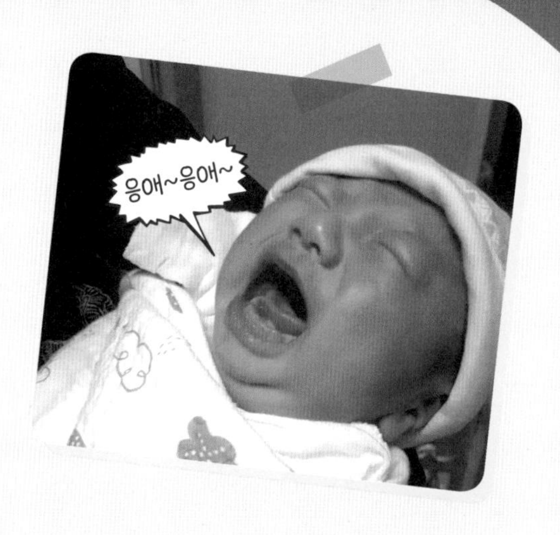

배앓이에 좋다는 분유의 종류를 쉽게 알 수 있어요. 다만, 배앓이 분유라도 아이마다 효과가 다를 수 있으니 효과가 없다 싶으면 다른 분유로 빠른 시일 내에 교체하세요. 효과가 있는 경우 하루 이틀이면 대부분 바로 눈에 보입니다.

저희는 4번 정도의 분유 갈아타기 끝에 예전처럼 소리 지르고 오래도록 고통스러워 하던 모습이 거의 사라졌답니다. 보통 100일 이후부터는 배앓이가 사라진다고 하니 참고해서 특수 분유와 일반 분유의 비율을 잘 맞춰 섞거나 조절하세요.

❷ 배 마사지를 자주 해주세요

배 속에 가스가 찼을 때는 배 마사지를 해주는 게 좋다고 합니다. 시간이 날 때마다 인터넷의 마사지 영상을 참고해 아기에게 해주세요. 특히 아기 배가 불룩하면 더 자주 해주셔야 합니다. 다만 수유 후나 배앓이를 하는 상황에서는 아기가 토하거나 더 아파할 수 있으니 피하는 것이 좋아요.

③ 과식은 금물이에요

과식이나 소화불량인 경우에도 배앓이를 할 수 있습니다. 즉, 수유량을 적절하게 맞추는 것도 배앓이 해소에 도움이 됩니다. 인터넷 검색을 통해 개월 수 또는 체중에 따른 적정 수유량이 정리된 표를 쉽게 찾을 수 있는데 참고하여 수유해 주세요. 참고로 저희 아이의 소아과 선생님은 하루 1000mL는 절대 넘기지 말라고 주의를 주시더라고요.

④ 수유 자세를 바르게 해주세요

젖병 수유 시 자세가 바르지 않으면 아기가 공기를 많이 먹어 가스가 찰 가능성이 높아집니다. 그래서 요새는 공기 구멍이 있는 젖병도 많이 나와요. 공기 구멍 젖병을 이용할 때는 구멍이 아기 인중에 위치하도록 하고, 우유가 구멍을 덮지 않도록 잘 관리하면서 먹여야 합니다. 저희는 처음에 잘 모르고 우유가 구멍을 다 덮도록 젖병을 세워서 먹였던 것 같아요. 젖병 수유할 때는 아기가 공기를 덜 먹도록 조심히 먹이고, 수유가 끝나면 꼭 트림을 시켜 주세요.

⑤ 유산균을 먹이세요

시중에서 판매하는 아기용 유산균을 먹이면 장 활동이 왕성해져서 가스가 잘 빠져 나간다고 합니다. 다만 약 복용은 의사와 상담 후 문제가 없다면 먹이도록 하세요.

Q5

아기 목욕은 어떻게 시키면 될까요?

출산 전에 산모 대상 교육 프로그램 등을 통해 아기에게 목욕을 시키는 방법은 많이 보셨을 겁니다. 그런데 막상 실전에 들어가면 서툴고 아기가 바둥거리기라도 하면 당황하기 마련입니다. 혼자서도 어렵지 않게 아기에게 목욕을 시키는 방법을 공유합니다.

목욕하기 좋은 시간은?

기본적으로 수유 바로 전이나 후에는 피하는 것이 좋습니다. 수유 바로 전에는 일단 아기가 가장 배고픈 시점이라서 울거나 칭얼댈 가능성이 높고, 수유 직후에는 목욕하면서 몸을 기울이고 이리저리 만지다 보면 먹은 게 역류할 가능성이 큽니다. 그래서 기본적으로 수유와 수유 시간 사이에 진행하고, 오전이나 낮보다는 늦은 오후나 밤에 잠자기 전 진행하는 편이 아기의 숙면에 도움이 됩니다. 신생아 목욕의 경우 여름철엔 매일 시키는 것이 좋지만 겨울은 이틀에 한 번만 시켜도 무방하다고 합니다. 너무 잦은 목욕도 좋은 건 아니라고 하니 참고하세요.

목욕은 이렇게 시키세요

목욕통 두 개를 준비합니다. 물 온도는 35~36도 정도로 하고, 한쪽은 헹굼물로 좀 더 높은 온도의 물을 준비합니다. 먼저 얼굴 세면 및 머리를 감겨야 하는데, 옷을 다 벗기면 춥고 놀랄 수도 있기 때문에 목욕 중에 쉽게 벗길 수 있도록 저고리는 단추 정도만 열어 놓고 기저귀는 채운 채로 진행하시는 게 편합니다. 아기 머리를 한쪽 손으로 받치고, 몸통은 풋볼 자세처럼 옆구리에 끼우고 진행합니다.

얼굴은 깨끗한 손을 이용해서 얼굴의 중심부터 바깥으로 닦아내는 식으로 시작합니다. 눈, 코, 입, 이마, 귀 등의 순서로 진행하시면 됩니다. 이때 귓속에 물이 들어가지 않도록 조심해야 해요. 보통 양쪽 귀를 손가락으로 막고 세면을 시키는 경우가 많습니다. 얼굴은 비누나 바디워시를 사용하지 않으셔도 괜찮습니다. 오히려 사용 후 피부 트러블 등이 발생할 수 있으니 맑은 물로만 씻겨 주세요.

다음으로는 머리를 감겨 줍니다. 베이비 전용으로 순하게 나온 샴푸를 이용하시면 됩니다. 머리도 샴푸 없이 물로만 씻겨도 된다고는 하는데 기름기가 돌거나 냄새가 조금 날 수가 있어서 저희 아이는 가볍게 사용해 주었어요. 참고로 가제 수건을 이용해서 닦아 주면 손으로 하는 것보다 머리 감기기가 편해요. 첫 번째 통에서 물로 깨끗이 1차로 헹궈 주고, 두 번째 통에서 좀 더 따뜻하고 깨끗한 물로 2차로 헹궈 줍니다. 그리고 마른 가제 수건으로 닦아 주세요. 목욕 시간이 길어질수록 아기도 힘들고 감기에 걸릴 수도 있기 때문에 10분 정도 안에 모두 마치는 것이 좋습니다.

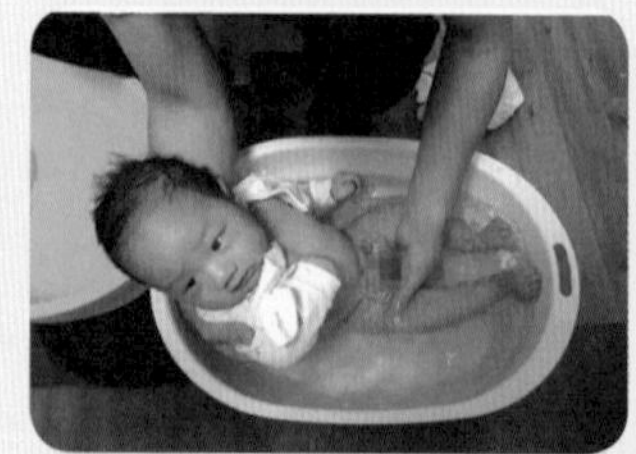

이제 아래 기저귀를 벗기고 발부터 차츰 물속에 담가 줍니다. 놀라지 않도록 살짝 물을 묻혀 가며 진행하는 것이 좋아요. 다음으로 구석구석 몸을 씻겨 줍니다. 특히 좀 더 지저분할 수 있는 아랫도리, 항문, 발가락, 무릎 사이, 겨드랑이 등을 더 세심하게 닦아 주되 너무 세게 문지르면 안 됩니다. 신생아의 경우 피부가 연약하기 때문에 살살 다뤄야 해요. 저희는 냄새나는 부분만 살짝 바디워시를 사용하는데, 미끌미끌해서 사이사이를 닦을 때 꽤 유용합니다. 앞쪽을 다 씻겼다면 이제 자연스럽게 앞뒤를 바꿔 뒤쪽을 닦아 줍니다.

이때 포인트는 아기의 양팔을 씻기는 사람의 팔 앞으로 두게 해서 안정적인 자세를 취할 수 있도록 하는 부분이에요. 그리고 아기 얼굴이 목욕통에 부딪히지 않게 적당한 힘을 주어 잡고 뒤를 닦아 줍니다. 등부터 항문까지 모두 깨끗이 씻겼다면 2차 물 헹굼통으로 옮긴 후 깨끗이 헹궈 주세요.

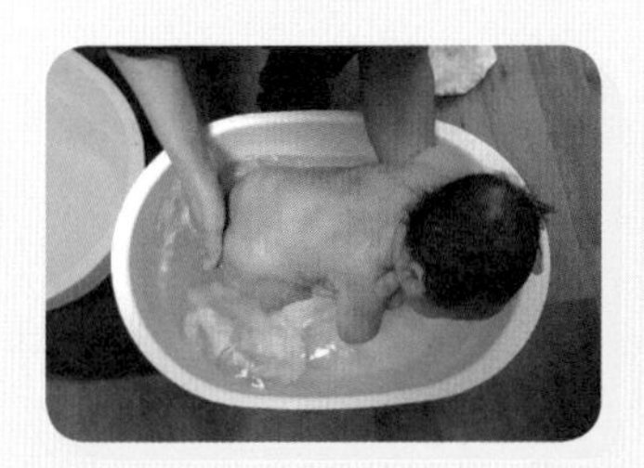

이제 미리 준비해 둔 목욕 타월로 옮겨 춥지 않게 감싸 주고 재빨리 물을 닦아 줍니다. 물기를 닦은 후 옷을 입히기 전에 보습 크림이나 로션을 발라 주세요. 아기 피부는 쉽게 건조해지기 때문에 항상 보습 크림이나 로션을 발라 줘야 발진 같은 게 일어나지 않습니다.

Q6

아기가 딸꾹질을 해요!

저희 아이는 딸꾹질을 참 자주 했어요. 하루에 최소 한두 번씩은 꼭 했던 것 같아요. 처음에는 딸꾹질의 원인이 단순히 추위 때문이라고 생각했답니다. 그래서 모자, 양말, 손싸개 등으로 무조건 따뜻하게 감싸줬어요. 그런데 딸꾹질의 원인이 반드시 추위 때문만은 아니란 사실 아셨나요?

왜 이럴까요?

딸꾹질을 하는 근본적인 원인은 횡격막이 자극을 받기 때문이라고 해요. 자극을 받는 원인은 다양하지만 대표적인 경우가 추운 공기가 들어오면서 횡격막이 수축할 때, 수유 후 위가 늘어나 횡격막을 자극할 때, 깜짝 놀랐을 때라고 합니다. 개인적인 경험으로는 첫 번째가 가장 많은 것 같아요. 아무리 주의를 기울여도 갑자기 딸꾹질을 하는 경우가 종종 있는데, 결국 부모 입장에서는 딸꾹질을 예방하는 것도 중요하지만 빠르게 멈출 수 있는 방법을 아는 것도 중요합니다.

어떻게 해야 할까요?

❶ 따뜻하게 해주고 꼭 안아 주세요

모자나 양말, 손 싸개 등으로 따뜻하게 감싸 주고 가슴에 꼭 안아 주세요. 체온으로 인해 아기가 따뜻해지고 가슴 횡격막이 닿아 떨림이 줄어든다고 해요. 개인적으로는 이 방법이 통하긴 해도 그리 빠른 시간 안에 딸꾹질이 잡히진 않았던 것 같아요. 무난하고 안정적인 방법이지만 그만큼 효과가 느리다고 느껴졌습니다.

❷ 모유나 따뜻한 우유를 먹이세요

1차적으로 추천 드리는 방법은 모유 수유입니다. 일단 입에 젖을 물리고 따뜻한 모유를 먹이면 이유는 정확히 모르겠지만 빠르게 딸꾹질이 잡히더라고요. 만일 모유 수유할 상황이 안 된다면 2차적으로는 따뜻한 우유라도 먹이세요. 아기의 배 속이 따뜻해지면서 단순히 피부를 따뜻하게 해주는 것보다 큰 효과를 얻을 수 있답니다.

❸ 울음을 유도하세요

사실 효과만으로 보자면 이 방법이 최고! 아기를 울리면 10~20초 뒤에 거짓말처럼 딸꾹질이 멈춥니다. 보기에는 안쓰러울 수 있지만 오래도록 딸꾹질을 하는 것보다는 짧고 굵게 울고, 딸꾹질을 멈추는 게 아기를 위해 더 좋은 선택일 수도 있다고 생각해요. 저희 아이는 모자를 씌워 놓으면 그게 싫어서 알아서 울었어요. 다른 아기들도 딸꾹질이 계속되면 불편해서 울음으로 이어지는 경우가 많으니 빠르게 딸국질을 멈추고 싶다면 이 방법을 추천드려요.

Q7

산후도우미 업체 고르기가 어려워요!

출산 후 조리원에서 퇴소하게 되면 산후도우미를 이용하는 경우도 많습니다. 비용이나 시스템이 비슷하다고 해서 다 같은 업체가 아니기 때문에 꼭 아래 사항을 충분히 숙지하신 후 몇 개의 업체를 선정해 유선 상담을 통해 비교하고 결정하세요.

업체 정보 확인은 기본

먼저 내가 사는 지역에 어떤 업체들이 있고, 어떤 평가를 받고 있는지에 대한 객관적인 정보를 확인하는 것은 기본입니다. 사회서비스 전자바우처(www.socialservice.or.kr)에 접속해 제공 기관 검색에서 산모신생아건강관리 지원을 체크하고 검색하면 위치한 지역의 업체 현황 정보가 나옵니다. 이용자 수, 제공인력 수에 대한 정보 등으로 규모 파악이 가능하며 최근 3년간의 만족도 평가 및 제공 인력에 대한 연령대, 경력 등에 대해서도 확인이 가능합니다. 이를 바탕으로 먼저 3~5개 정도의 업체를 선정해 보세요.

경력·등급에 따라 비용이 추가되나요?

선정한 몇 개의 업체에 연락을 합니다. 먼저 산후도우미의 경력과 등급에 따른 비용 추가 여부를 확인해 보세요. 대부분의 산후도우미 업체가 다 같은 도우미가 아닌 내부적으로 등급 구분이 있어서 높은 등급의 도우미일수록 비용을 더 많이 받는 경우가 많습니다. 여기서 중요한 것은 경력 = 등급

만족도 조사 결과(최근 3년)

요청 이용자수	참여 이용자수	응답률 (%)	평점 (100)	항목별 평점				
				전문성(30)	친절성(30)	숙련도(20)	청렴성(10)	신뢰성(10)
235	84	35.74	91	27	28	18	9	9

제공인력 연령별 비율(최근 3반기)

사업 년도	사업 분기	사업구분	서비스유형	제공인력수					
				20대 미만	20대	30대	40대	50대	60대 이상
2022	하반기	산모신생아건강관리사	산모신생아건강관리사	0	0	0	1	7	6
2022	상반기	산모신생아건강관리사	산모신생아건강관리사	0	0	0	1	7	7
2021	하반기	산모신생아건강관리사	산모신생아건강관리사	0	0	0	2	7	5

제공인력 경력 기간(최근 3반기)

사업 년도	사업 분기	사업구분	서비스유형	제공인력수			
				6개월 미만	6개월~1년	1년~2년	2년 이상
2022	하반기	산모신생아건강관리사	산모신생아건강관리사	-	-	-	-
2022	상반기	산모신생아건강관리사	산모신생아건강관리사	15	6	6	14
2021	하반기	산모신생아건강관리사	산모신생아건강관리사	15	5	7	13

이라고 볼 수는 없다는 겁니다. 경력은 오래 쌓였어도 실력이 부족해 계속 아래 등급에 머물 수도 있는 것이라서 단순히 경력이 높은 도우미가 좋은 도우미라고 생각하시면 안 됩니다. 때로는 경력이 많아질수록 매너리즘에 빠져 1~2년 차보다 별로인 경우도 많아요.

인원 추가 시 비용이 추가되나요?

일반적으로 산후도우미 지원 서비스의 기본 비용은 엄마 1명을 기준으로 하는 경우가 많아요. 즉, 가정에 따라 아빠나 할머니, 할아버지가 한 분 이상 더 계실 경우에는 반드시 추가 비용 여부를 확인해 보셔야 합니다. 도우미 입장에서 세탁, 요리 등 지원 범위가 늘어날 수 있기 때문에 비용이 추가될 수 있어요. (인당 5천 원 ~ 1만 원 내외)

도우미 교체나 환불은 잘 되나요?

심사숙고해서 좋은 업체를 골랐다 해도 결국은 그 업체가 보유한 수많은 도우미 중 한 명이라 막상 배정받은 사람이 나와 맞지 않거나 서비스 수준이 기대했던 것에 미치지 못하는 경우도 있기 때문에 교체 또는 환불 정책은 중요합니다. 따라서 교체를 원할 경우 원활하게 진행되는지, 환불 시 계약자에게 불리한 사항은 없는지 업체에 확인할 필요가 있습니다.

부가 서비스는 무엇이 있나요?

보통 도우미를 이용한다면 어느 정도 기대하는 부가 서비스들이 있을 거예요. 예를 들어 산후 마사지 같은 부분인데요. 예전에는 산후 마사지가 기본 의무 사항으로 들어가 있는 경우가 많았지만 최근에는 제외되는 경우가 많습니다. 마사지 같은 서비스를 도우미분께 직접 요구하기 어려울 수 있어요. 따라서 본인이 미리 생각하는 서비스가 있다면 상담 시 꼭 한번 확인하세요. 만일 기본 의무 사항에 포함된 서비스라면 당당히 요구할 수 있는 부분이고, 제대로 진행되지 않는다면 교체 사유도 될 수 있습니다.

대여 가능 물품이 있나요?

산후도우미 업체에 따라서 계약자에게 무상으로 산모용품을 대여해 주는 경우도 많습니다. 예를 들어 좌욕기, 유축기, 수유쿠션 등 다양한 품목을 대여해 주기도 하니 이런 서비스 항목도 사전에 문의해 보시는 것이 좋습니다. 참고로 이런 대여 물품의 경우 미리 모델 정보를 확인해 보세요. 대여품의 특성상 너무 오래된 물품이나 과거 모델인 경우가 많아 위생상의 문제가 있을 수 있기 때문입니다.

지역 화폐 결제가 가능한가요?

최근에는 지역 경제를 살리는 차원에서 지역 화폐가 많이 생기고 있어요. 저희 가족이 거주하는 부천의 경우 부천페이가 있는데, 충전 시 6~10%의 보조금을 더 주는 경우가 많아서 실질적으로 결제 금액의 6~10% 할인 효과를 얻을 수 있는 셈이에요. 한 푼이 아까운 가정 경제. 활용 가능한 지역 화폐가 있다면 결제가 가능한지 미리 확인하세요.

도우미 지정이 가능한가요?

도우미를 직접 만나 보기 전까지는 아무래도 불안할 수밖에 없어요. 그렇다 보니 여기저기서 추천을 받는데요, 대표적으로 맘 카페나 관련 커뮤니티의 후기글을 참고하는 경우가 많습니다. 이때 고려할 것이 상당 수의 후기글이 직접 체험한 사실 그대로라기보다 업체의 선물 등 지원을 받고 남기는 경우가 많다는 것입니다. 즉, 후기글 자체가 광고성이 포함되어 있으니 100% 신뢰해서는 안 된다는 점입니다. 업체명이나 도우미 이름이 명시되어 있다거나 인위적인 느낌의 사진이 많이 노출되어 있다면 적당히 걸러줄 필요도 있습니다.

다만, 후기글을 남기시는 분들도 어쨌든 해당 업체를 경험한 분들이고, 아무리 선물을 준다 해도 부정적인 경험을 하고 긍정적인 후기를 남기진 않았을 거라 생각합니다. 100% 신뢰할 필요는 없지만 정보를 얻고 결정을 하는 데 참고용으로 활용하시고, 지인이나 관련 커뮤니티를 통해 추려진 도우미 정보가 있다면 해당 업체에 미리 지정이 가능한지 문의해 보세요.

Q8

아이가 잠투정을 해요!

저희 아이도 둘째가라면 서러울 정도로 잠투정이 심해 매일 울고 보채고 난리가 났었어요. 저희가 수없이 시도해 봤던 방법들을 소개합니다.

노래를 들려주세요

아기가 울고 보챌 때 응급조치로 사운드봉과 같은 노래가 나오는 장난감을 이용하면 일시적으로 울음을 그치는 경우가 많아요. 그리고 시간이 지나다 보면 아기에게도 익숙한 노래들이 생기는데 잠재우기 좋은 자장가 하나를 골라 반복적으로 들려주세요. 그렇게 수면 교육이 되면 어느 순간부터 해당 노래를 들려주기만 해도 스르르 잠이 드는 경우가 많아요. 참고로 제 경우에는 슈베르트 자장가를 선택했답니다.

백색소음을 들려주세요

아기가 잠투정이 심할 때 진정시키는 방법 중에 하나로, 백색소음을 들려주는 방법이 있습니다. 대표적으로 물소리가 있는데, 아기가 너무 울 때 주방으로 달려가 물을 크게 틀어 놓기도 합니다. 그러면 아기가 놀라서 울음을 그치게 되는데요. 이 물소리가 엄마 배 속에 있을 때 듣던 소리들과 비슷해서 더 안정감을 느낀다고 합니다. 이외에도 청소기 소리, 파도 소리, 새소리, 빗소리 등 다양한 백색소음이 있는데 집에서는 물소리를 활용하는 것이 가장 쉬운 방법일 듯해요. 백색소음 어플을 다운받아 사용하셔도 되는데, 아무래도 실제 소리에 비해 효과가 떨어지긴 합니다.

쪽쪽이를 물려 보세요

쪽쪽이, 일명 공갈 젖꼭지라고 하지요. 아기를 안정시키고 잠재우는 데 이만한 아이템이 없습니다. 그런데 저희 아이는 처음에는 쪽쪽이를 거의 물지 않았어요. 물리면 뱉고, 또 물리면 또 뱉고. 그래서 사실 쪽쪽이는 큰 의미가 없구나 생각했는데 100일이 조금 안 된 시점부터 물기 시작하더라고요. 한 번 물기 시작하니 신세계가 따로 없습니다. 전에는 잠투정을 할 때 달래려면 별짓을 다했는데 쪽쪽이만 물려도 스르르 잠이 들었습니다. 아기가 보챈다 싶으면 쪽쪽이를 물려 보세요. 쪽쪽이를 물지 않고, 너무 심하게 울 경우에는 앞서 소개했던 백색소음이나 노래를 들려주어 안정시킨 후에 쪽쪽이를 이어서 물려 주면 잘 물기도 합니다.

꼭 껴안아 주세요

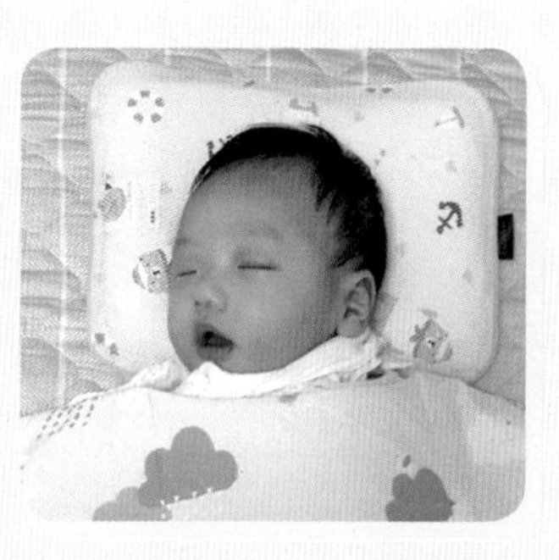

아기가 잠투정할 때는 무엇보다 안정된 자세로 아기를 안아 주는 것이 중요해요. 아기가 좋아하는 자세를 취하거나 가슴에 껴안아서 가슴과 가슴이 닿게 해주세요. 그러면 아기가 어느샌가 조용해지면서 잘 준비를 합니다. 너무 아래로 안지 마시고 꼭 가슴과 가슴이 닿도록 조금 높게 안아 주면서 노래를 불러 주면 더 효과가 좋답니다. 참고로 그냥 안고 있지만 말고 가볍게 앞뒤로 흔들흔들해 주면서 손으로 엉덩이와 팔을 살짝 토닥거려 주면 효과가 3배로 올라갑니다.

조명을 어둡게 해주세요

잠투정하는 아기를 재우려면 무엇보다 잠을 쉽게 잘 수 있는 환경을 만들어 주는 것이 중요합니다. 불을 다 켜 놓은 상태에서는 성인도 잠들기 쉽지 않은 것처럼 수면 시에는 일단 조명이 어두워야 합니다. 주위가 잘 보이지 않는다면 수면등 정도만 켜 놓으시고 앞서 설명했던 노래 들려주기, 백색소음 들려주기, 쪽쪽이 물리기, 껴안기 등을 해주시면 모든 효과들이 시너지가 납니다. 여러 방법을 복합적으로 시도해 보시고, 내 아이에게 효과적인 방법을 찾아 보세요.

즉, 아기가 심하게 울면 노래나 백색소음을 들려주어 일시적으로 안정을 시키고 ➡ 조명을 어둡게 하고 ➡ 수돗물 소리 같은 백색소음을 배경으로 깔고 ➡ 아기를 꼭 껴안아서 가볍게 흔들며 ➡ 아기가 좋아하는 자장가를 들려주면서 ➡ 쪽쪽이를 물리면 어느새 조용히 잠이 듭니다. 이 과정을 반복하다 보면 아기도 습관이 되고 어느새 수면 교육으로 발전할 수 있을 거예요. 잠투정이 심한 아기라고 너무 스트레스 받지 마시고 차근차근 시도해 보시면 자신만의 방법을 찾아내실 수 있을 겁니다.

Q9

원더웍스 때문에 힘들어요!

원더웍스? 원더웍스? 사실 저는 처음에 이 말을 들었을 때 도대체 뭐가 맞는 건지 엄청 헷갈렸어요. 결론은 원더웍스(Wonder Weeks)가 맞습니다. 원더웍스란 아기가 신체적, 정신적인 급격한 성장을 하는 시기를 가리키는 말로 평소보다 더 많이 울고 보채는 과정에서 부모를 가장 힘들게 하는 때이기도 합니다.

원더웍스의 증상

잘 지내던 아기가 어느 날 갑자기 돌변하는 때가 있어요. 감당이 안 될 정도로 보채고 운다든지 괴성을 지르고 잘 자던 잠도 수시로 깨고 수유량이 줄어드는 등 평소와 다른 패턴의 행동을 보여 부모를 당황스럽게 하는 일이 생깁니다.

원더웍스의 원인

원더웍스는 말 그대로 아기의 성장통이라고 생각하면 될 것 같아요. 아기는 20개월 동안 10번의 중요한 성장 시기를 겪는다고 합니다. 그 기간에 갑작스러운 변화로 혼란스러운 아기의 감정을 밖으로 표출하는 것이 바로 원더웍스라고 보면 됩니다. 어찌 보면 원더웍스 시기를 통해 아기가 정상적으로 성장하고 있다는 것을 알 수 있고, 그렇게 생각하면 원더웍스는 꼭 필요한 통과의례 같은 부분이라고 할 수 있어요.

다음은 20개월 동안 겪는 10번의 성장 시기별 내용입니다. 아기마다 조금씩 다를 수 있으니, 이 즈음 이런 성장을 하는구나 참고하시면 됩니다.

(출처: 허그맘 네이버포스트)

원더윅스 기간 아기의 성장 내용

1단계 **4~5주 ➡ 감각 기관의 성장**

감각 기관이 빠르게 성장하지만 뇌에 전달하는 인상의 처리가 미숙하여 혼란을 겪는다.

2단계 **7~9주 ➡ 패턴의 지각**

패턴을 지각하고 의식적인 움직임이 나타나는 시기로, 호기심이 많아진다.

3단계 **11~13주 ➡ 다양한 변화의 지각과 습득**

고개를 가누고, 음식을 의식적으로 삼키는 것을 배우며, 시력도 훨씬 더 발달한다.

4단계 **15~19주 ➡ 변화를 감지할 수 있는 능력 함양**

새로운 것에 관심을 갖고, 새로운 행동을 배우면서 변화를 알아차리기 시작한다.

5단계 **23~26주 ➡ 연관성에 대한 이해**

주변의 관계를 이해하고 파악한다. 두 물체 사이의 거리를 알아차리고, 감각 기관과 관련된 인과 관계에 대한 이해가 늘어난다.

6단계 **34~37주 ➡ 공통성의 인식과 처리 능력 습득**

많은 사물의 공통점을 인식하지만 아직 미숙하여 공통점과 차이점을 듣고, 만지고, 맛보고 실험하는 시기를 갖는다.

7단계 42~46주 ➡ **순서를 인지하고 다루는 능력 습득**

순서에 대한 이해가 늘어나 음식을 떠서 입속으로 넣고, 공을 쫓아가 차는 등 특정 사건들은 차례대로 발생함을 의식하게 된다.

8단계 51~54주 ➡ **다양한 방식으로 목표에 도달하는 능력 습득**

밖에 나가기 위해 겉옷을 가져오는 등 문제 해결 과정에서 융통성이 생기고, 선택 가능성을 가지고 계획할 수 있다.

9단계 60~64주 ➡ **원칙과 규칙의 습득**

부모처럼 주도권을 행사하면서 모방이 특히 늘어나는 시기이다.

10단계 71~75주 ➡ **시스템의 파악과 도약**

도덕 원칙을 토대로 행동하고, 가치와 규범을 체계적이고 의식적으로 다룰 수 있게 된다.

어떻게 해야 할까요?

원더윅스가 발현되었을 때 우리 육아 부모들은 어떻게 해야 할까요? 이 시기의 아이들은 굉장히 예민하고 불안하기 때문에 평소보다 더 안정감을 느낄 수 있도록 많이 안아 주고, 사랑을 전하는 표현을 많이 해주는 것 외에 특별한 정답은 없습니다. 원더윅스는 자연스럽게 거쳐 가는 하나의 성장통이니 부정적으로 생각하지 말고 '아이의 올바른 성장을 위해 꼭 필요한 부분이다'라는 긍정적인 마음을 가지고 사랑으로 보살펴 주세요. 그 과정 속에서 엄마 아빠도 함께 성장할 거라 생각합니다.

Q10

터미타임 중요한가요?

터미타임이라고 많이 들어 보셨을 텐데요. 터미타임이란 배(Tummy)로 누워 있는 시간(Time)을 의미합니다. 아기의 배가 바닥을 향하도록 엎어 놓으면 기본적으로 아기가 상체를 들려고 힘을 쓰면서 대근육뿐만 아니라 여기저기 소근육 발달에도 도움이 된다고 합니다. 사실 저희도 남들보다 늦게 시작한 편인데, 터미타임이 중요한 이유는 이 시기에 힘을 길러 줘야 뒤집기라든지 그 다음 단계 성장으로의 연결이 빠르고 수월하기 때문입니다.

터미타임 시기

일반적으로 아기가 목을 들기 시작하는 시점이라고 합니다. 대략 생후 약 한 달 정도 후부터는 가능하다고 하는데 아기 발달 상황에 따라 조금씩 다릅니다. 터미타임 하실 땐 절대 수유 직후나 배고플 시간에 하지 마세요. 수유 직후에는 토할 수도 있고 배가 고프면 100% 칭얼댑니다. 터미타임 자체가 아기에겐 어찌 보면 노동의 시간일 수도 있기 때문이지요.

터미타임 이렇게 하세요

터미타임 방법은 간단해요. 평평한 곳에 아기를 엎어 놓고 손을 앞으로 가지런히 모아 주세요. 하루에 1회 5분 정도씩 3~4회 정도 해주면 충분하다고 합니다. 아기가 처음에는 힘들어 하거나 울 수도 있기 때문에 짧게 시

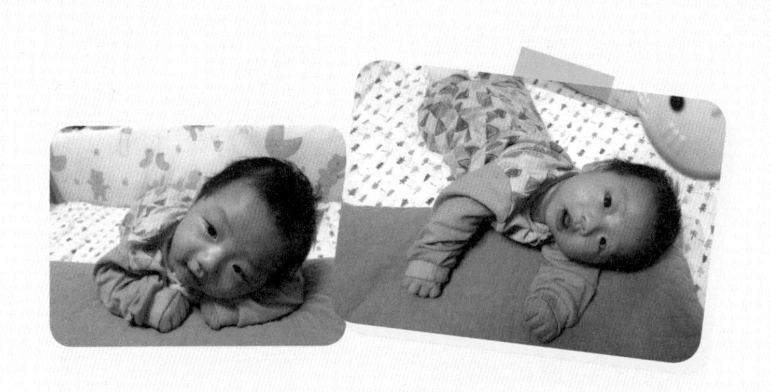

작하고, 옆에서 아기 상황을 지켜보면서 조정해 주세요. 자칫하면 아기의 얼굴이 파묻혀서 호흡이 곤란해지는 위험한 상황이 생길 수도 있으니 주의 또 주의하셔야 합니다.

저희 아이는 생후 두 달이 넘어서야 터미타임을 시작했는데, 그래서인지 75일인데도 제대로 고개를 들지 못했어요. 간혹 들어도 오래 들지 못하고요. 아기가 고개를 위로 들 수 있도록 주의를 끌 만한 도구로 유도해 주면 도움이 될 수 있습니다. 초반 터미타임 적응 시기에는 역류 방지 쿠션이나 경사가 조금 있는 베개 같은 것을 이용해서 아기의 상체를 올려 주어 좀 더 편하게 적응할 수 있도록 하는 것이 좋아요.

참고로 목을 가누고 고개를 드는 것이 중요한 또 한 가지 이유가 바로 백일 기념 촬영입니다. 보통 백일 촬영할 때 엎드려서 고개를 드는 포즈를 많이 취하는데, 그래서 대부분의 스튜디오 가이드에 촬영 전에 터미타임 연습을 많이 해서 아기가 고개 드는 포즈를 잘할 수 있도록 준비하라는 내용이 있어요. 백일 전에 꾸준히 연습해서 예쁜 사진 남기시길 바랍니다.

에필로그

안녕하세요. 또리네 가족이에요.
사랑하는 아이가 태어나고
소중한 추억을 남기기 시작한지
벌써 3년이란 시간이 흘렀답니다.

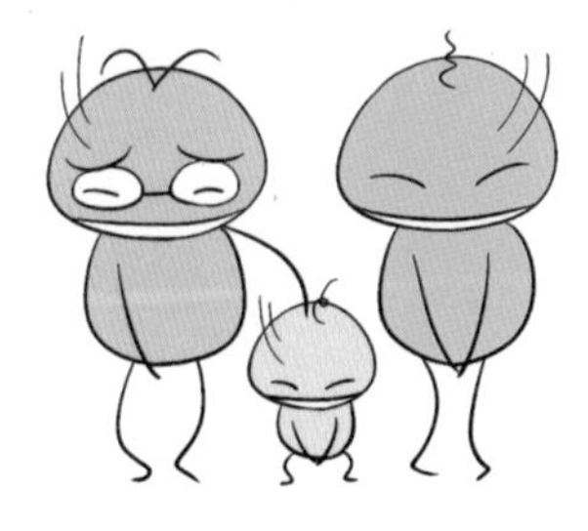

지극히 평범하고 소소한
저희 이야기를
끝까지 함께 해주신 모든 분들께
진심으로 감사드려요.

부모가 된다는 것은
결코 쉽지 않은 여정이지만
세상에서 가장 아름답고
가치 있는 일이라 생각해요.

매일매일이 힘들고 지치는
육아 전쟁이지만 반드시 승리하셔서
사랑스럽고 달콤한 열매를 맛보시길
기원하겠습니다.

끝으로 제 곁에서 언제나 힘을 주는
가족 모두에게 진심으로 사랑하고
고맙다는 말을 전하고 싶어요.

앞으로도 많은 관심과 사랑 부탁드리고
이 세상의 모든 육아 동지님들!
파이팅입니다!

또리 올림

초보 아빠의 리얼 육아일기

어느 날 집으로 선물이 왔다

초판발행 2023년 03월 10일 (인쇄 2023년 02월 17일)

발행인 박영일
책임편집 이해욱
저자 또리

편집진행 김지운
표지디자인 김아영
편집디자인 김아영

발행처 시대인
공급처 (주)시대고시기획
출판등록 제10-1521호
주소 서울시 마포구 큰우물로 75 [도화동 538 성지 B/D] 9F
전화 1600-3600
홈페이지 www.sdedu.co.kr

ISBN 979-11-383-4321-3 (03810)
정가 16,000원